1

Ariane Saint Tolber s'installa aussi confortablement que possible sur l'une des banquettes en bois qui faisait face aux « bureaux-des-inspecteurs », et dont la seule vue justifiait un arrêt-maladie de huit jours. La position adéquate requérait une souplesse peu commune, même de la part d'une femme de trente-trois ans avoués, et consistait à déplacer le coccyx vers l'avant afin d'éviter une perforation de l'estomac. Les bancs ressemblaient aux descriptions que faisait Emma du métro juste avant-guerre... Inconfortables, tristes et même pas fonctionnels. Les globes jaunes qui parcouraient le plafond selon un ordre militaire ne semblaient rien vouloir éclairer d'autre que la bande centrale des dalles mosaïque en lino noir et beige.

Il est vrai qu'Ariane n'était pas là pour son plaisir... Elle croisa et décroisa les jambes, redressa le torse, erreur qui permit à l'une des lames en bois du banc de lui pincer la fesse, et, de guerre lasse, se prit de passion pour l'examen de la couture de son sac à main... 57, quel beau chiffre quand même... Ariane était née en 1957. Cinq, le chiffre de l'homme et sept le chiffre béni. Si on ajoutait à cela qu'elle avait vu le jour à midi un sept septembre : encore le chiffre sept, le soleil au zénith, dans le signe de la Vierge donc de la connaissance et de la terre, enfin, bref, sa mère aurait dû se douter de quelque chose... Admettons à sa décharge qu'à ce moment-là, elle se donnait toute à ses lamentations, puisqu'elle se retrouvait mère célibataire, c'est-à-dire, à l'époque, fille-mère. Du reste, il n'y avait de mère célibataire que depuis qu'étaient nés les pères célibataires, ce qui laissait sous-entendre que la maternité, comme le célibat, marchait en couple... Elle gloussa et replongea dans son ennui. Enfin, c'était quand même une veine que tout ceci se produisît en septembre. Plus tôt dans l'été, elle aurait risqué une suée. Elle frôlait toujours la suée lorsqu'elle s'énervait, et elle allait s'énerver. Emma disait toujours que rien n'est pire qu'une femme qui sue, si ce n'est une femme sans hygiène, bien sûr.

Ariane tapota le gros nœud de velours châtaigne qui retenait ses cheveux blond cendré... Cette nuance lui allait à merveille, un peu artificiel peut-être, mais très seyant. Quant à la coiffure qu'elle adoptait depuis quelque temps, c'était une petite perfection : elle conférait à son visage fin un air de sérieux bourgeois qui rassurait ses patients... « Clients », c'était d'un cru, d'autant que si ces gens venaient la consulter, c'est qu'ils souffraient!

Elle lissa machinalement la jupe de son tailleur lin et soie abricot et se demanda comment elle allait l'aborder : Lui... ou Elle, d'ailleurs. A priori, elle préférait avoir affaire à un homme : les femmes sont beaucoup plus méfiantes, plus difficiles... Oh, bien sûr, elle y arriverait, comme d'habitude, mais ce serait plus long, et Sun-Lee avait été formelle : « Mange le temps avant qu'il ne te mange. » La princesse Sun-Lee était bien souvent très cryptique, mais, avec le temps, Ariane parvenait à décoder ses aphorismes et ses métaphores. Quant à Luce, son mot d'ordre était toujours : « Reste du côté du Juste... » Tous avaient insisté : Ariane devait venir ici, aujourd'hui, et le trouver. Il était presque neuf heures. Des gens passaient dans le couloir, entraient ou sortaient des bureaux, la regardaient. Ariane avait opté, depuis son arrivée, pour un regard vague mais obstiné, très « ligne bleue des Vosges », et maintenait un petit sourire entendu qui commençait à lui filer des crampes dans la mâchoire... Jusqu'à présent, leur couleur n'allait pas!

Soudain, « celui-qui-était-de-la-bonne-couleur » déboucha du fond du couloir. Ariane expulsa un gros soupir de soulagement et se leva.

Il avait la quarantaine fatiguée. C'était un homme grand, pâle, pas très beau. Une mèche de cheveux châtains lui tombait raidement sur le front. Il plissait les yeux, quelconques les yeux, d'ailleurs... Un spécimen très moyen du genre mâle de l'espèce... Mais il était de la bonne couleur!

Un sourire machinal erra sur les lèvres de Jacques Belfand lorsqu'il vit la ravissante blonde se diriger vers lui, main droite tendue. Tout aussi machinalement, il lui serra la main. Le contact de la peau tiède lui fit du bien.

– Bonjour, je m'appelle Ariane Saint Tolber. Quel est votre nom?

La voix était chaude, bien timbrée, un peu précieuse, peut-être dans le style « positivons l'échange ». Elle articulait avec précision comme si elle craignait qu'il fût mal-entendant ou débile léger, son regard mordoré rivé aux yeux de Jacques.

– Euh... Inspecteur Ja...

– Ah, parfait, c'est vous que je voulais voir.

– Euh... Oui, c'est à quel sujet?

– Au sujet de la petite Karin... C'est vous qui vous occupez de l'affaire, n'est-ce pas?

– C'est-à-dire... Pas directement.

– Ah... Seulement indirectement! Bon, il va falloir changer cela.

– Ecoutez, madame, j'ai un peu de mal à vous suivre, voyez-vous et...

– Mademoiselle. C'est normal, ça surprend toujours la première fois, détendez-vous, tout va bien se passer.

– Oui, c'est gentil... Mais qui vous a donné mon nom?

– Ah, mais je ne connais pas votre nom, du reste, c'est sans importance.

– Ah bon!

Il y avait pourtant trois jours qu'il n'avait pas bu une goutte d'alcool, son fils l'ayant traité de sous-nul lorsqu'il était rentré ivre mort la dernière fois. Ce n'était pas tant l'injure, qui ne véhiculait pas beaucoup de précisions sur ce qu'il y avait en dessous d'un nul, mais plutôt le ton du jeune garçon qui l'avait bouleversé : méprisant, bien sûr, mais surtout terriblement triste. Ce matin, il avait même eu le temps de prendre un crème-tartine. Pourtant, Jacques avait l'impression que cette fille parlait en braille. Mal à l'aise, il décida d'adopter cet air goguenard et supérieur qui donnait d'excellents résultats avec les petits truands.

– Bien, écoutez, je vais être plus précise : vous êtes de la bonne couleur.

– Pourquoi, il y en a de mauvaises?

– Absolument. Vous êtes assez brillant, et bleu!

C'était déjà un bon point : il s'agissait soit d'une toxicomane, soit d'une folle, soit d'une folle toxicomane. Il fallait que ça lui tombe dessus. Dommage, elle était jolie, élégante et bien élevée...

– Bien, écoutez, mademoiselle, je n'ai pas beaucoup de temps à vous consacrer, croyez bien que je le déplore. Je suis ravi de savoir que je suis bleu-brillant et si vous le désirez, je vais vous faire raccompagner à une station de taxis.

– Non, non, non... Oh!!! Vous ne croyez tout de même pas que je suis folle, n'est-ce pas?

Elle était ulcérée.

– Mais qui vous a mis cette curieuse idée en tête, voyons?

– Ecoutez, soyez gentil, faites un effort de compréhension. Tous les gens ont une couleur...

– Oui, ça je sais. C'est du reste dans nos fiches signalétiques... Mais on n'a pas encore la case « bleu ». Il faut dire que l'administration est toujours en retard d'un métro sur le progrès. Pourtant, on a la case « hémophile ».

– Mais non, enfin... Je ne vous parle pas de couleur de peau, je vous parle d'aura.

– Ah... Ça explique pourquoi on ne l'a pas, alors, ils seraient capables d'écrire ça Dora et de demander si c'est une suspecte.

Jacques ouvrit la porte de son bureau et s'arrangea pour passer devant elle, tentant une retraite sans gloire mais efficace. Ariane repoussa avec vigueur le battant qu'il essayait de refermer et s'installa sur la chaise située face au bureau. Jacques se demandait comment il allait pouvoir s'en débarrasser. Il ne pouvait pas la brutaliser ni la coller de force dehors : elle n'avait rien fait. La folie douce n'est pas un acte délictueux et elle n'avait pas l'air dangereuse, du moins jusque-là. Le mieux était encore de s'enfoncer dans la muflerie, et c'était un art dans lequel il était passé expert, jusqu'à ce qu'elle se vexe et qu'elle parte.

Inconsciente des sombres machinations que tramait son vis-à-vis, Ariane enchaîna :

– Le bleu, c'est la couleur mariale, vous savez cela, n'est-ce pas?

Elle ponctuait chaque mot de son index et parlait en détachant les syllabes.

– Je sais que d'aucuns prétendent que c'est une couleur froide, mais c'est qu'ils n'y connaissent rien.

– Certes!

– Tous ceux que j'ai vus ce matin avant vous étaient gris-bleu terne... Et ça, ce n'est pas bon.

Elle paraissait triste de devoir lui faire cette confidence, accablante pour ses collègues.

– Votre diagnostic?

– Ça dépend. Il peut s'agir de gens malades ou de gens très tristes... Bref, c'est quand la vie est déjà un peu partie.

– Il y a de quoi. Si vous saviez ce qu'on subit dans cette maison...

Ariane n'eut pas l'air de comprendre qu'elle était visée. Jacques commençait à s'énerver sérieusement.

– Vous avez quand même quelques petites taches ternes par-ci par-là, inspecteur. Il faut y prendre garde : l'ombre gagne très vite, ça digère tout!

– Je n'y manquerai pas. J'ai été ravi de faire votre connaissance, chère madame, mais l'Etat ne me paie pas seulement pour écouter des imbécillités.

Jacques s'était levé et tenait ses deux poings fermés appliqués contre le bureau.

– Asseyez-vous! Je n'ai pas terminé.

Elle avait serré son petit nez. L'ordre avait été tellement impérieux et saisissant qu'il obtempéra.

– Vous ne me connaissez vraiment pas? Ariane

Saint Tolber, enfin?... J'ai pourtant une émission de radio tous les soirs à dix-neuf heures...

Elle était brusquement désespérée, sans quoi, elle eût été affreusement vexée.

– Non, madame. Je n'écoute pas la radio à dix-neuf heures, je travaille, moi!

– Vous n'êtes pas le seul, figurez-vous!

Ce type finissait par l'exaspérer, à la fin. En plus, il n'était même pas beau... Mais c'était indubitablement le sien!

– J'ai lu dans les journaux que vous pensiez que la petite Karin était morte, assassinée.

Soudain glacial, Jacques répondit :

– Elle a été sauvagement tuée par un taré et décapitée. En dépit du nombre d'enquêteurs et de maîtres-chiens qui se sont succédé sur les lieux de la découverte et, du fait qu'on ait retourné chaque millimètre carré de cette putain de forêt, on n'a pas retrouvé la tête de l'enfant. C'est pour cela que nous avons toutes les raisons de croire qu'elle est morte, en effet.

Il commençait à devenir violent. Une des rares choses qui pouvait encore se frayer un chemin au travers de sa carapace et le rendre dangereux, c'était les meurtres d'enfants.

– Non, elle n'est pas morte. Je veux dire que la petite fille que vous avez trouvée n'est pas Karin.

Elle semblait si sérieuse qu'il oublia d'un coup le début de leur conversation :

– Comment le savez-vous?

– Parce que j'ai vu Karin jouer avec un gros chien beige, hier. Or, selon vous, elle serait morte depuis trois jours.

– Et où l'avez-vous vue?

– Je ne sais pas. C'était une grande ferme, un

peu vétuste, et il y avait quelque chose de rouge vif dans un arbre.

– Je ne comprends pas très bien : vous avez vu cette ferme, mais vous ne savez pas où elle se trouve, c'est bien ça?

– Oui. Je ne suis pas une carte routière. Je suis médium.

Une rage folle secoua Jacques, folle et glacée. Ça lui prenait les tempes et les maxillaires et il était à deux doigts de la gifler, mais une vraie gifle, une gifle de flic.

– Ça, ça manquait au tableau. On a eu les dingues habituels qui prétendaient avoir tué la gosse mais qui ne savaient ni où, ni quand, ni comment, ni surtout pourquoi. On a eu les tarés délateurs qui étaient sûrs que c'était le commis-boucher, le chauffeur de taxi ou leur beau-frère qui avait fait le coup. Et maintenant, vous. Vous, vous avez vu la résurrection de la petite fille dans les tarots.

– Je n'ai jamais parlé de résurrection et je me sers très peu des cartes.

Jacques était debout et vociférait :

– Foutez le camp, espèce de dingue, avant que je m'énerve vraiment. Si vous pensez que vous allez vous faire de la pub sur le cadavre mutilé d'une gosse de six ans, vous me trouverez sur votre chemin et je vous jure que je ne vous ferai pas de cadeau! Les charognards de votre espèce me donnent envie de gerber!

Ariane le regarda gentiment et se leva. Elle soupira :

– Bien sûr, c'était à prévoir... Ça va nous retarder. Je ne cherche pas de publicité. Je suis contrainte de refuser certains patients faute de temps et je prends mille francs par séance, parfois davantage. Je...

– Tirez-vous, connasse.
– Bien... A très bientôt.
Elle referma la porte sur elle. Jacques dut compter jusqu'à cinq cents avant que cesse le tremblement de ses mains... Et il décida d'aller s'en jeter un petit chez Simone.

2

Ariane marcha lentement, tête baissée, jusqu'à la station de taxis qui faisait l'angle du Pont-Neuf. C'était tout de même étrange, cette espèce de scepticisme frileux. Bien sûr, il y avait des charlatans, beaucoup même, des exploiteurs de crédulité qui capitalisaient sur l'angoisse ou sur les petits calculs de leurs visiteurs... Mais ceux-là restaient dans les arrière-boutiques et craignaient la publicité. Ils tournaient dans Paris et sa proche banlieue, jonglant avec les pseudonymes et les artifices de mauvaise qualité. Et puis il y avait ceux qu'Ariane nommait gentiment les Pitoyables, ceux qui se croyaient investis d'un don mais qui savaient à peine faire parler les arcanes.

Elle monta dans la voiture de tête et d'une voix chantante précisa son adresse. Son air lointain et béat découragea les évidences météoro-politico-philosophiques du chauffeur.

Archibald l'envoya paître très grossièrement, en lui déclarant qu'il avait mieux à faire que d'écouter des banalités; Sun-Lee composait un de ses interminables « poèmes en prose rimante »; quant à Luce, elle lui recommanda la patience et la ténacité... Avec ça!

Elle rentra pensivement par le troisième étage.

Elle occupait avec Emma un ravissant triplex dans le XVIe arrondissement. Le premier étage était réservé aux consultations, et les deux étages supérieurs étaient occupés par les deux femmes. Emma avait tout de suite adoré cet immeuble 1920... En fait, tous les quatre, même Sumo et Yucca, deux Cairns pourtant très difficiles à contenter... Encore une idée d'Archibald! Sun-Lee gazouillait en lui contant tous les mérites des siamois, ce qui, pour une princesse thaï était inévitable, Emma préférait les poissons rouges parce que ça ne perd pas ses poils sur les canapés, quant à Luce, elle avouait un gros faible pour les oiseaux, parce que ça chante du matin au soir et que tous, même les pauvres, peuvent en profiter. Les « pauvres » n'étant pas légion dans le XVIe arrondissement, Ariane s'était sentie déchargée d'une mission philanthropique, d'autant que la perspective de cui-cui obstinés de l'aube au crépuscule lui donnait la migraine. Emma s'était butée sur les prénoms des deux chiots. Bien qu'ayant tenté d'expliquer que l'origine écossaise de la race ne justifiait pas une telle débauche d'exotisme, Ariane avait dû céder.

Son humeur s'allégea dès qu'elle eut refermé la porte. La maison l'accueillait, avec cet ordre parfait qu'Ariane adorait. Merveilleuse Emma qui l'attendait en brodant un de ses incontournables abécédaires avec un acharnement tel qu'Ariane finissait par se demander si elle n'en faisait pas un commerce clandestin.

– Alors, comment ça c'est passé?

– Je crois que globalement, on peut dire que ça s'est très mal passé.

– C'était prévisible, non?

– Bien sûr. J'aurais tout de même préféré qu'il modère ses écarts de langage.

– A ce point?

– Mouif...

– Quel genre d'écarts ?

– Il m'a d'abord traitée de charlatan, évidemment, mais aussi de... Enfin tu vois, quoi...

– Non.

– Connasse !

– Pardon ?

– Non, pas toi... Lui, m'a traitée de... Ça. Remarque, à force de frayer avec la fange des bas-fonds.

– On dirait du Zola, en beaucoup moins talentueux. D'abord, la fange, c'est forcément dans les bas-fonds, et, en plus, on ne fraie pas avec de la fange !

– Bon, de toute façon, je me comprends.

– Il est comment ?

– Qui ?

– Le policier que tu as vu, voyons !

– Off... Bourru, désagréable, mal embouché, obtus, enfin tu vois.

– Non, je veux dire physiquement.

– Laid... Très laid !

– Evidemment, tu n'aurais pas pu choisir un bel homme ? soupira Emma, désespérée.

– J'ai fait ce que j'ai pu, et ce n'était déjà pas si facile de trouver la bonne couleur. C'était le seul bleu-brillant dans le tas.

– Remarque, ils ont sans doute des raisons... Voir l'humanité en petite culotte tous les jours, ça doit être d'un déprimant.

– A qui le dis-tu...

– Oui, mais toi tu es grassement payée pour cela, ma chérie, et en plus tu peux choisir. Qu'est-ce que tu vas faire ?

– Téléphoner. J'ai un patient très haut placé au ministère de l'Intérieur. J'aurais préféré ne pas en arriver là, mais il ne me laisse pas le choix. Tu sais, c'est très curieux : les Trois Anciens font un raffut étonnant. C'est la première fois qu'Ils me somment d'intervenir directement dans une affaire humaine.

– Il s'agit tout de même du meurtre d'une petite fille, ma chérie.

– Oui... Mais d'une part elle n'est pas morte et d'autre part, malheureusement, ce n'est ni la première ni la dernière fois qu'un enfant est victime de la démence des humains. En plus, cet inspecteur n'est même pas chargé directement de l'affaire... Remarque, ça aussi je dois pouvoir l'arranger... Oh, je n'aime pas cela du tout, Emma. Je déteste me mêler des affaires des hommes, ça me fait peur. Et puis, je suis sûre que ce type va m'occasionner beaucoup d'embarras.

– Si seulement ça pouvait être vrai!

– Oh, je t'en prie...

3

– Belfand?... C'est Charrare!

– J'avais reconnu, monsieur.

Bien qu'ils l'entendissent peu, la voix de baryton à peine teintée d'un reste d'accent aveyronnais du commissaire divisionnaire était reconnaissable par temps de brouillard.

– Je vous attends immédiatement dans mon bureau.

Il raccrocha.

Mauvaise limonade! Jacques eut beau dresser un catalogue quasi exhaustif de ses plus récentes conneries, aucune ne méritait l'intervention directe de Charrare. Quant aux félicitations, mieux valait rester sobre, en dépit des quatre calvas bien tassés qu'il s'était envoyé quelques heures plus tôt chez Simone.

Jacques grimpa rapidement l'escalier qui menait au bureau de Charrare... Curieux type! De mémoire de flic, on ne l'avait jamais vu s'emporter, mais son calme pachydermique parvenait à perturber la digestion des plus coriaces. Il ne devait pas son ascension à ses amitiés, ayant toujours mis un point d'honneur à rester dans l'opposition, quelle qu'ait été la couleur dominante; fin stratège, il avait rapidement compris qu'on ne courtise que les incertitudes. Sans l'aimer, Jacques appréciait Charrare; c'était un homme intelligent, retors mais droit. Sous sa grande masse de chair se cachait un des cerveaux les plus rapides et les plus versatiles que Jacques ait rencontré. Il parlait peu, toujours efficacement, souvent désagréablement, et s'il avait la réputation d'un homme de concessions, il ne concédait finalement que ce qu'il voulait, et jamais gratuitement.

On prêtait à Charrare un penchant immodéré pour la bonne chère, une connaissance très expérimentale du bon vin et une grosse indulgence pour les jolies jambes : bref, une robuste constitution.

Il ne leva pas la tête à l'entrée de Jacques.

– Asseyez-vous, Belfand. Vous avez reçu, ou plutôt cavalièrement éconduit ce matin une jeune personne du nom d'Ariane Saint Tolber... N'est-ce pas?

Charrare leva les yeux, et comme toujours le regard bleu pâle cerclé de noir mit Jacques mal à l'aise.

– Ah, oui... La dingue?

– C'est bien ce que je craignais. Vous avez rendez-vous avec cette jeune femme dans... un peu moins d'une heure. Je vous recommande la plus extrême attention, sans oublier bien sûr votre légendaire courtoisie avec les dames... Et je ne rigole pas. C'est clair?

– Limpide, monsieur... C'est une de vos... amies?

– Je vous dispense de votre humour de chiottes, Belfand. Non, je n'ai pas le plaisir de connaître cette dame, mais ON vient d'appeler du ministère de l'Intérieur. Ça ne vous évoque rien?

– Si... Des emmerdements!

– Juste! Or donc, ON m'a décrit cette jeune

personne en termes très élogieux et très insistants.

– Ah... Je vois...

Répondant au petit sourire mariolle de son subordonné, Charrare, lâcha :

– J'en doute, Belfand. Disons que cette dame bénéficie de protections qu'il vaudrait mieux que ni vous ni moi ne nous mettions à dos.

– Des protections... horizontales ?

– Oh ! non, Belfand, c'est beaucoup plus sérieux et solide que cela, si j'ai bien compris, et en plus, manque de chance pour nous, c'est le même son de cloche des deux côtés.

– Ah...

– Au fait, Belfand, vous êtes dorénavant chargé de l'affaire Karin Morin.

– Mais c'était le dossier de Norbert ?

– C'était, oui. Très franchement, il n'est pas fâché de vous refiler le bébé. Vous avez intérêt à vous pousser au cul, Belfand... La presse nous tient par les couilles. Il nous faut un coupable et vite... Et le bon. Ce sera tout, Belfand.

Et Charrare replongea le nez dans ses papiers. L'entrevue était terminée et rien ne lui ferait plus sortir un mot. Jacques se dirigea vers le bureau de Norbert mais celui-ci était sorti. Ça n'avait pas grande importance, Jacques connaissait tous les recoins du dossier, Karin Morin... Peut-être parce qu'il avait espéré à une époque être chargé de l'affaire. Il n'était vraiment bon que lorsqu'il se mettait en rogne. C'est aussi probablement pour cela qu'on lui avait préféré Norbert et son flegme hérité, disait-il, d'une grand-mère grande-bretonne.

Ariane s'installa, radieuse, à la même place que quelques heures plus tôt. La voir fraîche et élégante, alors qu'il avait l'impression de coller de partout et de sentir le vieux mégot de Gitanes et le calva rance fit osciller son bilan hormonal de mauvaise humeur à humeur exécrable.

– Bonjour inspecteur Belfand, car je sais votre nom, maintenant.

Elle gazouillait, ravie, très « ignorons les tensions et partageons l'expérience » et les nerfs de Jacques remontaient au contact direct de son épiderme. Pourtant, lorsqu'il leva les yeux et rencontra le regard mordoré, son « 'jour » inamical se termina en chuintement. Elle était à l'affût, comme le gros Léon de Simon, son fils. Ce matou poussif, avec son air en permanence entre deux vins, savait allonger les griffes à la vitesse de l'éclair pour défendre son bout de rosette de Lyon... Et Jacques comprit qu'il jouait le rôle de la tranche de saucisson, ce qui n'arrangea pas son humeur.

– Mademoiselle Saint Tolber...

– Oh, je vous en prie, Jacques, appelez-moi Ariane. Pas de formalisme entre nous, voyons.

Il la scruta pour être sûr qu'elle ne se payait pas, en plus, sa figure. Non! Elle était encore plus invraisemblable que prévu.

– Vous êtes furieux contre moi, n'est-ce pas?

Elle mit ses lèvres en cul-de-poule, agita ses petites mains sous le nez de Jacques et repartit sans même reprendre son souffle :

– Si, si, je le sens bien, n'essayez pas de me rassurer, je...

– Mademoiselle Saint Tolber, je n'ai aucune envie de vous rassurer. En réalité, voyez-vous, si j'avais toute liberté dans cette affaire, je vous fesserais volontiers, attention, sans laisser de traces! Je crois même que ce serait suffisamment apaisant pour mériter une radiation du corps de la police criminelle.

– Bien! Vous êtes de très mauvaise humeur.

Remarquez, je vous comprends. Je suis désolée d'en être arrivée là, ce n'est pas dans mes habitudes... Et croyez-moi, je m'en serais bien passée. Seulement, je n'avais pas le temps de vous convaincre autrement...

– Vous êtes bien comme toutes les femmes, hein? Vous paraissez et le monde doit s'arrêter de tourner!

– Ah, nous y voilà, le quart d'heure du phallocrate!

Elle croisa soudain les bras sur sa poitrine et le fixa comme si elle le perforait :

– Oh, attendez, attendez, je vois : vous êtes sceptique, n'est-ce pas?

– Non, mademoiselle Saint Tolber, je ne suis pas sceptique, au contraire. Ma conviction est en béton : vous êtes un charlatan qui tente de se faire mousser en utilisant des procédés déshonorants et dont vous devriez rougir. Toutefois, il semble qu'on souhaite en haut lieu que je vous supporte, et comme je suis un fonctionnaire je fais où on me dit de faire. Un point, c'est tout.

– Bien. Il faut que nous tentions de démêler les fils de ce nœud, n'est-ce pas? C'est terriblement important pour ce... voyage que nous allons vivre ensemble. Le moindre contentieux entre nous provoquerait des ombres gênantes.

Finalement, ça lui ferait sûrement du bien de la baffer...

– Voyons Jacques, vous croyez au tonnerre?

– Euh oui, pourquoi?

– Vous savez, précisément, ce qu'est le tonnerre?

– Euh, non, mais je...

– Eh bien voilà, la voyance c'est exactement la même chose. Ce n'est pas parce qu'on n'arrive pas à comprendre une chose qu'elle n'existe pas.

– Vous êtes complètement bidon, et votre comparaison c'est de la pomme dauphine. Comme de vouloir comparer un kilo de carottes et une botte de cresson.

– Oh Jâââcques, je vous ignorais poète !

Décidément, une baffe ça serait bien. Même, deux, ça serait mieux.

– Mais vous êtes complètement ringard en plus, mon ami ! Savez-vous que les Américains utilisent depuis des années des médiums dans la police et les services spéciaux ? Et il n'y a pas qu'eux, d'ailleurs... Jacques, nous devons aller à l'institut médico-légal, tout de suite. Vite !... Je dois voir l'enfant, il faut que je voie l'enfant.

Elle s'était levée et son regard avait repris sa lueur vitale, comme la prunelle d'un chat gourmand. Et il détestait.

– C'était une... transe ?

– Non, une visite. C'est parfois très désagréable, ça ne prévient pas, vous comprenez. Bon, il faut faire vite, d'autant que mon émission commence à dix-neuf heures et que je n'ai pas que ça à faire.

D'un ton très doux il l'arrêta :

– Mademoiselle Saint Tolber... Une petite fille est morte, mutilée, et je me torche avec votre émission.

– Excusez-moi.

– Vous ne pouriez pas entrer en transes pour me dire où trouver la gamine puisque, selon vous, elle vit toujours ?

D'un ton excédé elle lança :

– Mais qu'est-ce que vous croyez ? Que je danse nue les soirs de pleine lune, enduite de bave de crapaud et de graisse de tourterelle, les reins ceints d'un pagne tressé en cheveux de vierge ? Une transe ! Et pourquoi pas un balai pendant qu'on y est? Je suis visitée quand je suis visitée, un point c'est tout.

Jacques resta bouche bée : qu'est-ce qu'il y avait de choquant dans le mot « transe », surtout par rapport à « visite »? Or, de toute évidence, il venait de proférer une insulte. Un peu dérouté, il hésita :

– Ecoutez, je suis désolé, je ne voulais pas vous offenser. Je pensais sincèrement que les médiums entrent en transes et... Enfin...

Elle boudait. Il ne manquait que cela!

D'un ton excédé, elle répliqua :

– Pas en transes... En vacuité, pour permettre la visite!

– Bon, il suffisait de le dire!

– Un visiteur vous parle et vous videz votre esprit des pensées parasites, c'est tout.

– Un visiteur?

– Oui. Un esprit familier, bienveillant. Je travaille avec trois visiteurs, en permanence, enfin ce sont des amis, maintenant, des membres de la famille, même.

– Oui, bien sûr.

Un rire argentin et très heureux lui répondit et Jacques eut envie de rire, pour la première fois dcpuis pas mal de temps.

– Vous ne me croyez pas, n'est-ce pas? Ce n'est pas grave, je ne vous en veux pas. Vous pensez que je suis une douce dingue, non? Mais vous n'allez pas tarder à changer d'avis, vous verrez... Bon, on y va?

– On y va!

4

Ils foncèrent au milieu des embouteillages de sortie de bureau et longèrent les quais, la sirène de la voiture hurlant. Si Jacques avait espéré la paniquer par ses tête-à-queue et ses excès de vitesse il en fut pour ses frais. Ariane battait des mains, ravie :

– Chouette, c'est encore mieux qu'une limousine. Oh, quel bonheur de pouvoir griller des feux pour la bonne cause et en toute impunité ! Finalement, c'est tarte, très surfait, les limousines.

Glacial, Jacques lâcha :

– Je ne sais pas, je n'ai jamais eu l'occasion d'en prendre !

Sans comprendre l'allusion, elle répondit :

– Ben, vous n'avez rien raté, c'est beaucoup moins bien qu'une voiture de service.

La même lancinante question lui revint : était-elle complètement idiote ou trop intelligente pour lui ?

Ils atteignirent l'institut médico-légal, et Jacques laissa la voiture au beau milieu de la petite cour pavée. Le calme froid qui les accueillit tempéra, et la mauvaise humeur de Jacques et la joie enfantine d'Ariane. Ils entraient dans l'univers des morts, des morts que la violence, qu'elle fût volontaire ou pas, avait accompagnés. Ils pénétraient dans cette zone ternaire où ils n'avaient pas vraiment leur place, mais où on les supportait. Une zone intermédiaire entre la vie et la mort, une zone dont sont évidentes la peur et l'irréparable souffrance. L'odeur du formaldéhyde les saisit... Une odeur agressive et piquante mais qui irrite surtout par l'évidence de ce qu'elle cherche à masquer. Jacques se demanda pour la centième fois, toujours en vain, quel étrange parcours pouvait mener les gens à travailler ici, et Ariane fronça les narines. Il repéra le docteur Poincart, un bon vivant bedonnant qui fredonnait en permanence les chansons de François Feldman, curieuse association. Il ne parlait de ses pensionnaires qu'en les appelant « les petits » avec une tendresse de grand-oncle indulgent pour les turbulences de la jeunesse. C'était, à part cela, un des meilleurs anatopathologistes de l'hexagone.

– Poincart? Nous aimerions voir... Euh... la petite Morin, Karin Morin.

– Ah, oui, la pauvre petite! Mais on est venu la chercher ce matin. Petit ange!

– Je ne savais pas, docteur Poincart.

– Mais si, inspecteur. Notre travail était terminé. Du reste je vous ai envoyé un rapport... Que vous n'avez pas lu, je suppose. Il contenait pourtant des choses que je crois troublantes. Mais, je ne connais pas cette jeune dame, c'est votre nouvelle assistante?

– Non, merci mon Dieu! C'est une voyante, un médium quoi.

Le regard insaisissable du docteur Poincart le fixa pour la première fois :

– Vraiment? Voilà qui est intéressant, ça change? C'est quelqu'un de sérieux?

– A ce qu'on dit, oui.

– Ah! je suis impatient de la voir travailler.

– Ne me dites pas que vous aussi...

– Mon pauvre Belfand... Il y a tellement plus dans le ciel et sur la terre que dans toutes vos philosophies... C'est de William, comme tout ce qui est important, d'ailleurs!

Ignorant résolument qui pouvait être William, Jacques opta pour un sourire de connivence dont il espéra qu'il n'avait pas l'air trop crétin. Poincart se dirigea vers Ariane et lui baisa la main. Alors là, il y avait quelque chose d'erroné dans l'image : en pleine morgue, un légiste en nœud papillon baisait la main d'une voyante qui lui répondait par un sourire de fin de cocktail entre gens de bonne compagnie... La prenant par la taille et lui murmurant des choses donc Jacques était tenu à l'écart, Poincart la conduisit, avec les soins d'un esthète pour une porcelaine Ming, vers le casier 47.

– Si j'avais su que vous veniez, ma chère, nous aurions essayé de retarder le départ de Karin. Je ne sais pas si cet endroit est un support suffisant pour vous aider!

– Mais si, tout à fait, merci, mon ami. N'ayez crainte.

Jacques pensa avec regret au bar de Simone et se demanda si ces deux-là ne faisaient pas partie d'une secte quelconque.

Poincart la regardait avec l'air énamouré d'un vieux pointer rhumatisant reposant sur les genoux de sa maîtresse le soir, devant le feu de bois. Il tira lentement le casier vide en lui murmurant des mots apaisants.

Ariane blêmit à peine et ses yeux s'agrandirent.

– Je vous en prie, Archibald Mac Douglas, ça n'est véritablement pas le moment!

Elle était ulcérée.

– Non, je n'étais pas à Culloden, je n'étais pas

née en 1746, je n'ai jamais vu de cadavre et surtout pas d'enfant ! Archibald, je sais que vous essayez de m'aider mais franchement : lâchez-moi !

Archibald dut comprendre puisque le visage d'Ariane reprit sa sérénité. Une infinie douceur lui descendit du front jusqu'aux lèvres.

– Vous savez, docteur, elle est morte en paix, sereine et aimante... Et ce n'était pas Karin. Le reste n'a pas d'importance, n'est-ce pas ? Elle continue ailleurs.

Poincart se permit un roucoulement de gorge ravi :

– Je le savais... Elle avait l'air si paisible. Oh, c'est merveilleux, je vous remercie. Vous savez, ma chère, ce que vous me dites éclaircit quelques points que je ne m'expliquais pas. La mort a été causée par un arrêt cardiaque... Bien sûr, une peur ou une douleur violente pouvaient être à son origine, mais le tissu cardiaque était nécrosé et terriblement endommagé. Ce que je veux dire, c'est que c'est un vrai miracle que cette enfant ait vécu aussi longtemps. Quant à la décollation, elle a été perpétrée, ou plutôt pratiquée, bien après la mort et par quelqu'un qui possédait de solides notions d'anatomie. Fait étrange, l'examen du dossier médical scolaire de la petite Karin Morin ne relève aucune indication d'une pathologie cardiaque... Ça soulève pas mal de problèmes, n'est-ce pas ? J'en ai parlé à ces messieurs, dit-il en désignant Jacques d'un geste vague et méprisant, mais ils ont décidé une fois pour toutes que j'étais un emmerdeur pointilleux, alors !

Elle ne regarda pas Jacques et s'assit sans un mot dans la voiture. Il démarra.

– Alors, qu'est-ce que c'est que cette histoire ?

– Cette petite fille n'est pas Karin. En tous les cas, elle n'a pas souffert, elle n'a pas eu peur. Elle est morte en paix et sans terreur. C'est un petit ange paisible. C'est triste, parce que la mort d'un enfant est toujours bouleversante, comme un bout de paradis qui casse, mais, dans ce cas, ça n'est ni monstrueux ni effrayant.

– Mais alors?

– Alors, je ne sais pas. Je ne suis pas policier. Déposez-moi avenue George-V, s'il vous plaît.

5

Ariane sourit à Clara, la journaliste qui commentait d'une voix pénétrée les confidences des auditeurs privilégiés dont on passait le message au médium.

Au début, Clara avait pas mal rigolé quand son assistante avait eu l'idée de réserver une plage d'une demi-heure à Ariane. Elle rigolait beaucoup moins aujourd'hui. L'émission avait été un succès immédiat et ils avaient doublé son temps d'antenne, mais ça c'était un peu à prévoir : il y a toujours des gogos pour engraisser les vendeurs de mirage. C'était surtout la scène qu'elle avait eue avec Ariane qui l'avait laissée sur le cul. Un soir qu'ils fêtaient la centième de l'émission, Clara, ayant un peu trop abusé du champagne, s'était laissée aller à des commentaires condescendants et goguenards sur ces susdits gogos, dont pourtant elle vivait confortablement, sur leur crédulité et le charlatanisme en général.

Ariane l'avait très gentiment conduite à l'écart et d'une voix amicale avait entrepris de débobiner pour elle l'enchevêtrement des petits secrets, des vilains calculs, des mauvais souvenirs que Clara avait appris à dissimuler derrière une fausse joie de vivre bonne enfant qui fait dire aux auditeurs qu'on a su rester simple. Elle ne pouvait pas l'avoir appris, personne ne le savait, et même Clara préférait l'enfouir quelque part très loin dans sa mémoire. Puis Ariane avait demandé :

– Il ne faut plus penser à Raymond, il n'en vaut pas la peine, vous savez? Pourquoi pensez-vous toujours à lui?

Clara avait nettement senti ses genoux se dérober sous elle. Raymond-l'enfoiré. Ce salopard qui avec sa rassurante bedaine et son « les gens sont formidables au fond, mon petit » l'avait entubée jusqu'à l'os, la faisant virer de son ancienne fréquence lorsqu'il avait été lassé de ses courbes. Et en plus, il était moche, ce con, mais ses allures de nounours abandonné dans une décharge publique l'avaient séduite. Leur liaison était secrète et l'avait toujours été, en conséquence de quoi la blondasse était vraiment médium. Il avait fini par se nouer entre elles, au fil des émissions, une certaine complicité et une amitié prudente, du moins de la part de Clara, qui, pour avoir évité pas mal de peaux de banane, avait acquis un sens aigu de la survie.

– Vous ne me dites pas tout, Marc... Je ne peux pas travailler avec des gens qui ont peur. Je comprends votre réserve, mais ça ne va pas.

La voix suave et amicale d'Ariane tentait de calmer son interlocuteur qui, à l'entendre, se débattait au milieu de femelles hystériques qui en voulaient toutes à sa vertu.

– Donc, cette femme dont vous êtes vraiment très amoureux, que vous voulez épouser, Valérie, est jalouse, très jalouse... C'est assez normal pour une femme amoureuse. Elle vient d'un excellent milieu et vous craignez que Bernadette, l'autre femme plus âgée que vous aimâtes, ne fasse des embrouilles. C'est bien cela?

– C'est cela, oui. Vous comprenez, Ariane, je n'ai pas parlé de Bernadette à Valérie et je voudrais savoir, enfin, comment les choses vont tourner.

– Enfin, écoutez, Marc. Vous avez trente-deux ans, je crois raisonnable de penser que Valérie se doute que vous avez connu d'autres jeunes femmes avant elle? Enfin, nous sommes en 1992, tout de même.

Clara vit soudain le regard d'Ariane perdre de sa netteté. Elle recevait une visite.

– Marc... Pourquoi ne me parlez-vous pas de l'enfant? Vous avez abandonné Bernadette avec un enfant, n'est-ce pas? C'est cela qu'ignore Valérie, n'est-ce pas? Et Valérie est très à l'aise financièrement...

L'auditeur qui ne s'appelait sûrement pas Marc raccrocha après avoir craché un « Salope » retentissant.

– Chers auditeurs, c'est un point sur lequel je tiens à revenir. Ariane ne peut vous aider si vous dissimulez la vérité. Comme vous le savez, Radio Wave garantit votre anonymat. Ah! on me dit en régie qu'une dame tente désespérément de nous joindre depuis plusieurs jours, et ce sera notre dernier appel.

Ariane n'entendit d'abord que le souffle pénible de la femme.

– Oui, Jeanne, je vous écoute?

– Je suis très embarrassée, j'aurais préféré vous voir en privé mais je n'arrive pas à trouver votre adresse. C'est une histoire très douloureuse et je ne sais pas...

– Je vous en prie, Jeanne, continuez.

Au ton d'Ariane, Clara comprit qu'elle éprouvait une vive sympathie pour la femme.

– Voilà, mon mari et moi avons décidé il y a pas mal de temps déjà d'adopter un enfant, mais un bébé... Je suis stérile. Le dossier a traîné, et puis nous ne sommes plus tout jeunes... Toujours est-il que nous avons appris l'année dernière qu'il n'y aurait pas de bébé. J'ai fait une dépression nerveuse à la suite de cela. Mon mari et moi sommes très unis et il a cherché de son côté. Il a finalement trouvé une filière. Nous devons aller chercher l'enfant la semaine prochaine... Et depuis, j'en suis malade...

– Pourquoi, parce que c'est illégal?

– Oh, non, ça, ça m'est égal! Non, vous comprenez, Ariane, toute ma vie j'ai voulu un bébé. Sa chambre est prête depuis dix ans. Mon mari et un bébé, c'était tout ce dont j'avais envie. J'ai peur qu'on ait... enlevé cet enfant, qu'on l'ait volé à sa mère... Je ne veux pas qu'une femme soit folle de douleur et d'inquiétude à cause de moi.

– Jeanne... Le bébé n'a pas été kidnappé, mais ne quittez pas, je vous prends hors antenne.

Clara la regarda, surprise. C'était la première fois qu'Ariane faisait cela. Elle leva un sourcil interrogateur, mais comprit vite que la voyante était ailleurs. D'un geste sec elle enclencha la bande pub. Pendant que deux Marseillaises d'Enghien-les-bains se crêpaient le chignon pour savoir qui du tube, du carré, ou du sachet lavait plus blanc grâce à sa profusion de micro-capteurs électrophiles sursaturés d'ozone interactive, qu'un néo-papa extatique se rendait compte que le caca de son rejeton sentait enfin le jasmin puisqu'il utilisait les couches à soufflets collecteurs amidonnées avec bande adhésive pour maintenir le braillard collé au lit, Ariane prit rendez-vous pour le lendemain matin avec Jeanne.

Ariane rentra de son émission vers vingt-deux heures, épuisée mais assez satisfaite d'elle. Une belle et grosse journée bien remplie. L'heure d'antenne qu'elle remplissait quatre soirs par semaine en direct la contraignait à des prouesses mentales dont elle sortait épuisée mais apaisée. Il est très compliqué d'établir un contact précis en quelques minutes avec quelqu'un qu'on ne peut ni voir ni toucher. Ariane avait besoin de prendre les mains de ses patients pour se vider. Pour être parfaitement sincère, elle admettait qu'elle avait accepté cette émission pour se racheter de l'énormité des honoraires qu'elle demandait. Elle se disait qu'ainsi, elle offrait un peu de ce don à des gens qui n'en avaient pas les moyens... Et puis, Ariane savait à quel point les dons sont capricieux. Ils sont attribués selon une logique qui échappe aux simples mortels et ne sont finalement que des prêts à plus ou moins longue échéance. Elle avait rencontré pas mal de ces médiums dépossédés de leur art pour en avoir sur-abusé pécuniairement.

Emma l'attendait en brodant, flanquée de Yuka et Sumo qui à force de bassesses câlines avaient arraché la permission de s'installer à côté d'elle sur le canapé vieil ivoire et rose pâle.

Elle aima tout de suite Jeanne, qui hors antenne se nommait Christiane.

Après avoir pas mal interrogé Archibald, Luce et Sun-Lee, Ariane acquit la conviction que le futur bébé de Christiane avait bien été « programmé » spécialement pour elle. Elle réussit, non sans mal, à vaincre les réticences de Christiane et à lui extorquer le nom de son intermédiaire en prétendant que, puisqu'il n'y avait là-dessous aucun sombre drame, la chose pourrait aider certaines de ses très discrètes patientes. Il s'agissait du docteur Pierre-Antoine Morienges, directeur et heureux propriétaire d'une très lucrative clinique du Val au Gouffre, à quelques kilomètres de Paris.

Après le départ de Jeanne-Christiane, elle s'assit et demeura pensive : Luce était péremptoire, il fallait aller fouiner dans cette fameuse clinique. Elle se précipita sur son téléphone pour appeler Jacques.

6

– Bonjour, madame, je suis l'inspecteur Belfand et j'ai rendez-vous avec Ariane. Je suis en bas de chez vous...

– Bonjour, inspecteur, comment allez-vous? Ariane est prête... Voulez-vous monter?

– Non, merci, j'attendrai en bas.

Quelques secondes plus tard, Ariane rejoignait Jacques devant l'interphone de son hôtel particulier. Il lui sourit d'un air goguenard pour masquer son trouble : elle était vraiment craquante dans son tailleur en alpaga vert mélèze avec les gants, les chaussures et le sac à main assortis, s'il vous plaît. Elle rayonnait de vitalité et de gentillesse. Bon... D'accord : elle lui plaisait vraiment beaucoup, mais attention, théoriquement et seulement théoriquement! Parce qu'en fait c'était une emmerdeuse de la pire espèce, la charmante, l'inévitable. En plus elle était totalement illogique, enfin c'est-à-dire qu'il ne comprenait pas sa logique.

Le sourire d'Ariane s'élargit :

– Mais Jacques, vous êtes absolument magnifique. Ah, si, si, je vous assure, très smart!

Il sentit une chaleur lui remonter vers les tempes : non mais quel ballot! Elle le faisait rougir! Godiche jusqu'au bout, il s'enferra :

– Z'êtes chouette aussi...

– Merci, c'est très gentil!

Là, il l'aurait volontiers baffée. Elle lui répondait avec cet immense sourire vague qu'elle devait utiliser pour à peu près n'importe qui et dans n'importe quelle occasion... Elle aurait pu au moins avoir la délicatesse de rosir...

– Madame Belfand...

– Oh... Jacques, enfin vous vous déclarez... Eh bien c'est non! Bien, alors que fait-on?

– Vous allez jouer le rôle de mon épouse.

– J'adore les rôles de composition, d'autant que celui-là est rudement difficile.

Exaspéré, surtout parce qu'il ne parvenait pas à la décontenancer, il poursuivit :

– J'ai téléphoné hier à cette clinique du Val au Gouffre. Il a semblé d'abord très difficile d'obtenir un rendez-vous sans recommandation, mais lorsque j'ai dit que nous étions de passage à Paris pour quelques jours seulement, la situation s'est un peu décoincée... Et elle s'est carrément éclaircie lorsque j'ai conté notre tragique situation de couple avec des sanglots dans la voix et de discrètes précisions sur le joli tour de taille de nos comptes en banque. Je crois que vous avez raison, il y a un trafic de gosses là-bas! Bon, je vous briefe : nous sommes mariés depuis dix ans, pas la moindre grossesse en vue, vous avez subi à peu près tous les traitements possibles, sans succès, et vous êtes en pleine dépression nerveuse parce qu'il n'y a pas la moindre chance que nous obtenions un bébé à l'adoption légale. Quant à moi, l'état de ma chère et tendre me désespère. Ah! au fait, je suis notaire à Bordeaux et j'ai repris l'étude de mon père.

Il remarqua son air pincé.

– Quelque chose vous chiffonne?

– Off! Je note qu'une fois encore, votre

machisme inconscient a repris le dessus... C'est moi qui suis stérile! Vous, votre fécondité se lit sur votre mâââle visage, n'est-ce pas!

– Non, ma chère... Si j'étais stérile, figurez-vous que l'insémination artificielle par un donneur anonyme, ça n'est pas fait pour les chiens... Vous désirez pousser l'expérience jusqu'aux couches-culottes?

– Bon, pour cette fois, ça ira.

– Allez, on y va. Pendant que vous vous répandrez en sanglots sur la blouse immaculée du grand docteur blanc, j'irai fureter. Soyez gentille : faites-nous une grosse crise de nerfs bien longue.

– Mais je ne sais pas faire ce genre de choses!

– Ah ouais? Je croyais que c'était génétique chez les femmes.

– Gros malin, va... J'espère que vous n'attendiez pas de réactions, sans cela vous allez être déçu!

– Ariane...? Je vous demande la plus extrême discrétion... Je ne suis pas chargé de cette affaire, du reste, il n'y a pas d'affaire... si ce n'est le feeling d'une extra-lucide, et ce serait un peu léger devant le juge d'instruction...

– Vous croyez? Vous êtes délicieusement obtus, Jacques.

– Qu'cst-cc que vous voulez dire?

– Rien. Je suis d'une absolue discrétion.

Maintenant, la preuve était faite : elle se payait ouvertement ma tête! Juste au moment où il commençait à la prendre un peu trop au sérieux et où son sens de l'humour perdait de sa perfidie... Décidément, les femmes manquaient de fair-play!

Sombrement, il reprit le fil :

– Ce que je veux dire, c'est que si Charrare se doute que je gaspille mon temps à autre chose qu'au... meurtre de la petite Morin, il va me tomber dessus, et pour avoir pu constater ses capacités sur d'autres, je n'ai pas du tout envie de réitérer l'expérience!

– ...

– Vous ne dites rien?

– Non. Non, puisque vous êtes convaincu. J'attends.

– Mais merde. Vous ne pouvez pas lancer des trucs comme ça et juste attendre avec vos airs de chat trop nourri.

– Je ne suis pas trop nourrie, moi! En plus, je vous prierai d'adopter un autre langage avec moi, sans quoi je ne vous adresse plus la parole.

Elle ne décrocha plus les dents, en dépit des tentatives conciliatrices de Jacques, et ce jusqu'à ce qu'ils descendent de voiture. Ils montèrent les quelques marches qui menaient à la porte vitrée de la clinique. Joli endroit. Très chic-bourgeois-discret. Il est toujours sidérant de trouver à quelques minutes de Paris, un lieu préservé, comme s'il avait échappé à toute urbanisation.

Ils furent immédiatement accueillis par une charmante jeune personne à l'élégance rassurante et discrète. D'une voix qui aurait fait verdir de jalousie une chef de cabine d'Air France, elle s'informa de leur nom et embraya sur un petit historique du centre et sur un panégyrique de son « adéquation architecturale ». Les quatre petits bâtiments en pierre de taille qui constituaient l'ensemble de la clinique gynécologique du docteur Pierre-Antoine Morienges avaient été admirablement sertis dans le relief vallonné du site. Presque comme s'ils étaient directement nés de ces monticules en pente douce et de ces ensembles de rocaille fleurie qui les entouraient. Du reste, ils apprirent plus tard que chaque pavillon portait un nom de fleur... C'est tellement plus gentil. Il y avait le pavillon des lys dont le baptême avait exigé une imagination délirante puisqu'il était entouré de massifs de lys, et dans lequel étaient examinées les nouvelles patientes. Un peu en contrebas, au bord d'un petit ruisseau tout ce qu'il y a de plus artéfactuel, un silence bon enfant entourait le pavillon des roses : on y accouchait et on avait omis de son appellation toute référence aux crucifères, parce que les choux, même si c'est plus nourrissant, c'est quand même moins joli que les roses. Ici, petit gloussement charmant de la dame, qui enchantait par la perfection de son rodage. Un peu plus à droite, le plus imposant des bâtiments était un centre de « laizure ». C'est du moins ce que crut comprendre Jacques, qui resta un instant dans le flou. Ce pavillon des narcisses abritait une piscine, un sauna, une salle d'exercice et diverses autres babioles qui devaient permettre aux jeunes mamans de retrouver en toute sérénité forme et « fitness ». Elle s'interrompit avec un sourire faussement désolé pour répondre au téléphone, ce qui permit à Ariane de détromper Jacques : non, il ne s'agissait ni d'un nouveau traitement hormonal ni même d'une technique de peinture : il fallait comprendre « leisure » et ça voulait dire « loisir » en langue anglaise. Jacques s'émerveilla des facilités linguistiques d'Ariane, bien sûr, mais aussi et surtout de l'Argent. Il eut une pensée émue pour sa mère qui avait accouché de deux gaillards dans une petite clinique des Pinsons de la banlieue sud de Chartres dont le nom était à peu près aussi ringard que les équipements. A l'époque on se faisait des mise-bas à options, selon les moyens... Finalement, les choses avaient peu changé. Le prix des options, peut-être...

La charmante perruche reprit le fil de son petit discours, sous l'œil follement intéressé d'Ariane que les feux de la rampe devaient encore regretter.

La petite dame sembla plus réticente sur le dernier pavillon. C'est du moins ce que comprit immédiatement Jacques en remarquant l'insistance faussement bébête d'Ariane. En vague, très vague, il s'agissait d'un pavillon dit des fuchsias dans lequel notre bon docteur Morienges expérimentait, oh! en toute légalité et sécurité, attention, des nouveaux traitements contre la stérilité. Le gazouillis sentencieux se perdit dans un murmure admiratif. La jeune femme les conduisit dans une somptueuse salle d'attente.

– C'est très cosy, n'est-ce pas? Le docteur y tient ab-so-lu-ment. Il faut dédramatiser les angoisses et les détresses. Mais vous le savez, n'est-ce pas?

Elle avait pris les mains d'Ariane dans les siennes et plongeait un regard chaviré de chagrin dans ses yeux. Ariane eut un petit reniflement parfait : « femme au bord du gouffre, mais qui sait se tenir en public ».

Rassurée, elle les abandonna. Jacques remarqua :

– Jusqu'ici, c'est parfaitement organisé, vous avez vu? Nous n'avons rencontré personne, en dehors du personnel, pas de contacts, pas d'échange d'informations... Il me plaît beaucoup, ce gynéco.

Elle n'eut même pas le temps de répondre. Une porte s'ouvrit et une femme d'une cinquantaine d'années s'avança vers eux, mains tendues, le visage éclairé par un de ces bons gros sourires maternels qui vous font ouvrir votre portefeuille avant même qu'on vous l'ait demandé.

– Chère petite madame Belfand, monsieur Belfand... Le docteur vous attend.

Elle prononça cette phrase en goûtant chaque mot comme si Dieu en personne allait les recevoir.

– Mon chéri... N'insiste pas, je t'assure... Je, je ne pourrais pas l'assumer, vraiment. Tu es merveilleux, mon amour. Il faut que je le voie seule, il faut que j'apprenne à être forte sans toi. Même si je m'écroule, ce n'est pas grave, tu es là, quelque part, toujours. Je dois lui parler... Comme à un grand frère, comme à un confesseur, mais je dois lui parler seule... Je t'en prie... Et Jacques... Jamais je n'oublierai ce que tu viens de me donner, quelle que soit l'issue, jamais, mon chéri...

Une grosse larme dévala le long de la joue d'Ariane. Elle en faisait trois tonnes mais il sentit quelque chose d'humide s'accumuler au coin de ses yeux et la légère buée qui envahissait la prunelle du cerbère femelle lui fit trembler le sourire.

– Ma chérie...

Pourquoi avait-il dit... Quel con! Un comédien suffisait.

On la propulsa tendrement mais fermement le long d'un dédale de couloirs moquettés de haute laine et enjolivés de ravissantes gravures de « femme à l'enfant ». Enfin, elles atteignirent le Saint du Saint, le cabinet du docteur Pierre-Antoine Morienges.

Il accueillit Ariane avec un air à la fois peiné et rassurant. La jeune femme eut un mouvement de recul : il était enveloppé d'un halo jaune safran! L'aura de la cupidité, des tirelires humaines que plus grand-chose ne peut contraindre. Elle en voyait beaucoup des gens comme ça, et c'était toujours une souffrance pour elle. Ils étaient froids, pas mauvais, non, seulement absents des sentiments. Sun-Lee la réchauffa, l'exhortant au calme.

Ariane se concentra sur les traits du médecin. Jacques avait raison. C'était le genre grand docteur blanc. La cinquantaine mince et bronzée, grâce à un abonnement spécial pour séances UVA haute pression, col de la blouse blanche remonté, légèrement entrouvert sur une chemise de soie de la même couleur que ses yeux bleus. Lentilles ou pas lentilles? Le sourcil était épilé, juste ce qu'il faut, attention on est viril, et l'ongle discrètement manucuré. Ariane avança vers lui. L'infirmière referma la porte sur elle, les laissant dans ce couffin de luxe et de paix. Que faisait Jacques? Théoriquement, il devait déjà être en train de fouiner partout... De combien de temps avait-il besoin? On se calme... Luce ne lui serait d'aucun secours, elle n'avait jamais menti de toute sa courte vie; Archibald allait encore lui conseiller le coup du genou dans les c... parties génitales, ce qui ne ferait pas avancer ses affaires... Sun-Lee, c'était typiquement le genre de situations dont Sun-Lee se tirait admirablement, ayant truandé un mari tyrannique et débauché pendant plus de dix ans... Ariane laissa l'inspiration de la ravissante poétesse thaï l'envahir. C'était un sentiment merveilleux : elle était Sun-Lee, quatre siècles plus tard, Sun-Lee et ses élégants artifices de princesse rebelle, mais prudente

– Chère petite madame Belfand... Asseyez-vous, détendez-vous, je vous sens... verrouillée, défendue. Il ne faut pas, je suis votre ami, votre médecin aussi, mais c'est accessoire, n'est-ce pas? Et tout ce que j'ai appris, aux Etats-Unis, en Angleterre et même en URSS, figurez-vous, si, si, n'est finalement rien... Rien, face à la détresse d'une petite maman, face aux larmes d'une femme, et d'une si jolie femme...

Aaah... Qu'il était beau, dégoulinant de bons

sentiments et de fausse modestie. Tout en regrettant sa faiblesse, il lui énumérait ses diplômes, l'air de rien... C'était du grand art et, en connaisseur, Ariane se serait volontiers mouchée d'admiration dans son nœud papillon bleu marine.

D'une voix à peine audible, elle murmura :

– Je... Oh, vous ne pouvez pas savoir, mais si, que je suis bête, bien sûr que vous le savez... J'essaie d'avoir un bébé depuis dix ans, maintenant. Au début nous ne nous sommes pas affolés, Jacques et moi... Jacques, mon mari, est un homme merveilleux... Et puis, il a fallu se rendre à l'évidence. Et là a commencé une course forcenée. J'ai tout fait, je suis même partie en Autriche... Sans résultat, bien sûr. J'ai même... Oh, j'ai honte... Ma mère était très amie avec la baronne de Cripland. Elle prétendait avoir conçu grâce à... Enfin, une femme qui...

– Oui... N'ayez crainte, je suis avec vous...

– Enfin, comme une sorcière, quoi... Jacques ne l'a jamais su. Je vous en prie, ne lui dites pas, il serait furieux. Et en plus nous sommes catholiques pratiquants... Bref, cette femme m'a extorqué une somme d'argent rondelette. Il a même fallu que je mente à mon mari. J'ai vendu mon saphir pour la payer et j'ai prétendu que je l'avais perdu en me lavant les mains.

Elle énuméra tous les traitements qu'elle était censée avoir subi, et qui faisaient d'elle une réserve d'hormones femelles pouvant alimenter Paris et sa région pour les cinq ans à venir. Une chance que le docteur F, une de ses patientes, gynécologue de profession, soit venue la consulter la veille.

Elle réprima quelques sanglots et hoquets, bref Sun-Lee était parfaite. Morienges, sans lâcher sa main, hochait la tête d'un air pénétré et de plus en plus triste.

– Voilà, docteur... Il n'y a pas grand espoir, n'est-ce pas? Soyez franc, ne me mentez pas, je vous en prie.

Il eut un soupir désespéré.

– Je vais être franc et ce sera dur... Je m'en excuse. Vous avez été admirablement soignée, Ariane. Je connais personnellement pas mal des confrères que vous avez cités. Ce sont d'excellents praticiens. Bien sûr nous allons vérifier si la moindre chance existe encore... Mais *a priori*, tout ce que nous savons, dis-je, a été tenté... Avez-vous envisagé l'adoption, Ariane? Vous savez, et j'ai trois enfants, son enfant, c'est le petit qu'on élève.

Ariane fondit en larmes, très pudiquement, presque chastement :

– Mais, je veux un bébé, un tout petit... Je veux que ce soit comme s'il était de moi... De nous.

Pierre-Antoine sourit à son petit menton qui tremblait.

– Et ce n'est pas possible. On aurait pu, mais la DDASS ne pouvait nous proposer qu'un enfant plus âgé et alors tout le monde aurait su que ce n'était pas mon bébé. Je veux qu'il dise « maman » comme si j'étais la seule.

Elle fondit vraiment en larmes, ce coup-ci, sans plus pouvoir démêler la comédie de cette histoire de bébé. Elle était une mère injustement privée d'enfant et elle avait beau se dire que ce type était un salaud et qu'ils allaient le coincer, elle finissait par perdre le fil... On se calme.

– Je sais... J'ai eu des dizaines de patientes comme vous, Ariane... Ça me... détruit, cette injuste souffrance, quand tellement d'enfants ont besoin de parents comme vous...

– Oui...

Elle renifla pitoyablement dans le revers de sa

blouse, ce qui lui permit de jeter un œil dégoulinant de Rimmel sur la montre de Morienges. Bon, ça faisait une petite demi-heure qu'elle le tenait.

– Vous savez, Ariane... Je vous dis cela, mais c'est illégal, même si c'est charitable, eh oui, que voulez-vous, la loi est ainsi faite... Il existe des filières parallèles d'adoption... Oh, bien sûr, je ne les connais pas personnellement, mais... Mon but est d'aider les femmes et les enfants. Je pourrais vous mettre en contact avec des gens... Réfléchissez-y, parlez-en à votre mari, vous saurez le convaincre... Il faut être très discret, bien sûr. D'une part, comme je vous l'ai dit, c'est illégal, et ensuite, malheureusement, en raison des risques que courent ces gens et des dédommagements qu'ils tiennent à apporter aux mères, c'est cher... Tous les couples ne peuvent pas se permettre ce genre de choses, et ce serait encore plus injuste pour les pauvres gens, n'est-ce pas?

– C'est... Des mères porteuses?

– En quelque sorte, oui... Mais, je ne connais pas les détails... Réfléchissez bien, mon petit, et revenez me voir avec votre mari.

Il la raccompagna sur ces mots. Jacques devait avoir fini, et de toute évidence Morienges préférait terminer la conversation de façon laconique pour lui permettre de mariner plus efficacement dans son jus. Il la lâcha au milieu du couloir et lui expliqua comment retrouver la sortie. Il était en retard et ses patientes de la maternité l'attendaient. Ariane comprit qu'il ne tenait surtout pas à se montrer.

Elle retrouva un Jacques suant dans la salle d'attente. Il l'attrapa par le bras et enchaîna avant qu'elle n'ait eu une chance de lui conter sa fabuleuse prestation :

– On se barre, et vite! Je me suis fait repérer par

une bonne femme d'ici... Et je suis sûr que je la connais.

Ils foncèrent vers la voiture au pas de charge et démarrèrent en trombe.

Cinq minutes plus tard, Jacques grommela :

– Ils nous suivent, deux mecs dans une Cherokee.

– Une quoi?

– Un 4 × 4... Et croyez-moi, quand ça rentre dans une 205 ça fait des dégâts, surtout pour les passagers.

Ariane tourna la tête et se rendit compte que le véhicule se rapprochait dangereusement, sans avoir l'air de vouloir freiner avant l'impact.

– Aaaah... Et qu'est-ce qu'on fait?

– On tente de rentrer en ville, j'ai une chance dans les embouteillages, pas ici.

– Mais enfin... Vous êtes flic, ils ne vont pas oser, quand même?

– Ils vont se gêner, tiens... A partir d'un certain prix, ma cocotte, toutes les volailles se ressemblent.

Ils passèrent la porte Maillot au moment même où les énormes pare-chocs de la Jeep commençaient à flirter péniblement avec ceux de la 205. Immédiatement, Jacques accéléra et rétablit une distance de quelques mètres avec l'autre véhicule.

– Mais enfin, mettez votre sirène...

– Espèce de gourde! Pour l'instant, ils ne sont pas encore sûrs que je suis flic. Nous pouvons être des parents trop curieux ou de simples maîtres chanteurs... alors on garde l'avantage, si c'en est un, aussi longtemps que possible. On essaie juste de les semer...

Ils déboulèrent en haut des Champs-Elysées à

une vitesse qui n'avait même pas été envisagée par les géniteurs du permis à points.

Ariane soudain calmée se pencha vers le pare-brise :

– Oh, tiens je ne savais pas qu'ils faisaient encore des travaux sur l'avenue... On vient de prendre un petit gravier dans le pare-brise.

Et joignant le geste à la parole, elle enfila l'index dans le petit trou rond percé à la base de la vitre. Jacques suivit son geste et conclut sobrement :

– Oh, merde, les cons...

– Pardon ?

– Ils nous tirent dessus, les enfoirés.

– Attendez, vous voulez dire qu'ils tirent sur nous avec de vraies balles qu'on n'entend pas, comme au cinéma, c'est cela ?

Fou de rage, il hurla :

– Mais vous êtes débile, ou quoi ! Ils ne nous tirent pas dessus à l'élastique, idiote !

– Oh... Je vais me trouver mal... Je VEUX que vous me rameniez chez moi, tout de suite ! couina-t-elle.

– La ferme !

Il pila à un feu rouge et descendit comme un fou. Agrippant Ariane, il la sortit hurlante de la voiture, puis la remorqua trébuchante jusqu'au cinéma le plus proche. La Cherokee s'arrêta juste derrière eux. Les deux véhicules furent abandonnés à la hargne klaxonesque des automobilistes coincés derrière et une cavalcade qui laissa deux ouvreuses bouche bée perturba un court instant le silence des couloirs du cinéma. Sans trop savoir comment, Ariane se retrouva assise au milieu d'une horde de huit-dix ans, fascinée par les mésaventures de Bambi. Deux silhouettes largement inamicales et indubitablement armées bloquaient la sortie. Elle s'offrit le luxe de se souvenir qu'elle était un mammifère aérien et avala une grande gorgée d'air. Elle parvint à maîtriser quelques secondes la tétanie qui avait envahi ses mâchoires et réussit à articuler :

– Saint Basile, je vous en prie, faites quelque chose ! Jacques, qu'est-ce qu'on fait maintenant ?

– J' sais pas... Je vais trouver...

– Dépêchez-vous, Jacques, c'est presque la fin. Je connais le film par cœur, c'est un de mes préférés...

– M'étonne pas... Arrêtez de renifler comme ça, je n'arriva pas à me concentrer.

– Mais enfin, trouvez une diversion ! Dans les séries, ils font diversion pour arriver à sortir...

Hargneux, il cria :

– Et alors ? Qu'est-ce que vous suggérez ? Je sors mes deux petits bouts de silex du manche de mon couteau de survie et je les frotte pour mettre le feu à la moquette, avec deux cents gosses derrière, hein ?

– Oh, je me sens très mal...

Une voix troublée par la mastication d'un paquet de pop-corn lança un « Chut ! » enfantin mais péremptoire qui coupa son sanglot.

Elle se tut l'espace de quelques secondes, puis il l'entendit murmurer : « Merci, Archibald, mais bien sûr, la cavalerie ! »

Brusquement, elle se leva. Un effroyable brame perfora les oreilles de l'assistance, qui se termina par un admirable barrissement presque en colorature qui tenait à la fois de la sirène de super-tanker en difficulté et de la chorale de yodlers. Ariane, debout sur un siège, gesticulait et ululait :

– Ma maman, je veux pas qu'on tue ma maman. Oh les meurtriers, les affreux chasseurs, ils vont tuer ma maman... NOOOON ! Je veux pas, arrêtez-les, appelez la police... VIIITE !

Jacques s'étrangla. On tenta de la maîtriser, de la calmer, rien n'y fit, elle hurlait de plus belle, et il s'émerveilla qu'une si petite bouche pût produire un tel volume de bruit si longtemps. Il fallut interrompre la projection et rallumer les lumières. Les petits spectateurs furent à la hauteur et s'occupèrent très gentiment de cette dame si sensible... Ça devait lui rappeler de mauvais souvenirs d'enfant, conclut l'un d'eux qui avait une carrière dans la psychanalyse.

Ils escortèrent en bande le couple jusqu'à la sortie. Trois ouvreuses et le directeur du cinéma les raccompagnèrent jusqu'à leur voiture, où les attendait un car de police, impatient d'en découdre avec les mauvais conducteurs. Les propriétaires de la Cherokee avaient disparu, et leur voiture se faisait embarquer.

Lorsque tout ce petit monde se fut engouffré dans le car, le directeur du cinéma rappela aux ouvreuses d'un ton docte qu'il avait toujours dit que certaines scènes de dessins animés étaient très difficiles et remuaient des choses très profondes, probablement subconscientes. Lui-même n'avait jamais eu le courage de revoir « la Belle et le Clochard » : ça tapait trop précisément sur le trip abandonnique que nous portons tous en nous!

7

De retour dans les bureaux du Quai des Orfèvres, et pendant tout le temps qu'il tapait laborieusement un rapport succinct des événements de la journée, Jacques crut presque entendre le grincement rageur des neurones d'Ariane.

Elle lui faisait face, assise ou plutôt compactée sur une chaise, et il sentait son regard mauvais le transpercer entre les deux yeux.

– Voilà, c'est fait!

Il espérait que son ton enjoué la dériderait, ce en quoi il se plantait.

– Bon, eh bien, je vous raccompagne en voiture, si vous voulez...

Elle se leva lentement sans lâcher du regard la naissance de ses sourcils. Il remarqua que ses yeux n'étaient pas bêtement mordorés comme il l'avait d'abord cru, mais ambre pâle. Pensée parfaitement incongrue pour le moment puisqu'il tentait de se rapprocher doucement de la porte de son bureau pour le cas où elle lui sauterait vraiment à la gorge. D'un ton sifflant, elle répondit :

– Non, merci, inspecteur. Je tiens à ma santé, je prendrai un taxi.

Elle ouvrit la porte avec dignité et sortit. Au moment où Jacques laissait échapper un gros soupir de soulagement, une furie en tailleur vert mélèze arracha à moitié la porte de ses gonds, se rua sur lui et, pointant un doigt vengeur sous son nez, hurla :

– Mais sachez quand même que vous êtes un dangereux individu et que je ne permettrai pas qu'on s'amuse à essayer de me faire tuer deux fois par jour, tout ça parce que vous avez envie de jouer à Zorro avec l'argent des contribuables, dont je suis !

Brusquement calmée, elle conclut d'un : « C'est tout ! » péremptoire et s'en fut dans un grand mouvement de mèche offensé.

Jacques Belfand resta un petit moment hébété devant la porte maintenant close de son bureau. Il tentait vainement de trouver un fil conducteur pour parvenir jusqu'au chaos qui régnait dans son cerveau.

Non, non, attends, là... Mais c'est elle qui l'avait traîné dans cette galère et qui avait risqué de le faire tuer ! D'autant que ça faisait pas mal de temps qu'on ne lui avait pas tiré dessus, en tout cas depuis qu'il avait abandonné les planques. Elle manquait pas d'air, et puis d'abord, comme disait Simon, elle commençait à lui prendre la tête, la petite demoiselle... Médium, mes fesses, oui ! Il envoya un grand coup de pied dans la porte, qui commençait aussi à lui courir avec son air narquois, et s'affala sur la chaise. On se calme...

– 'jour.

– 'lut, p'pa.

Simon abandonna le bol de corn flakes, petits-suisses, miel et tranches de banane qu'il partageait avec Gros Léon. Son père se laissa couler sur le canapé à côté d'eux et fixa d'un air douloureux la télécommande de la télé posée sur la table basse. Son fils le regarda, un peu inquiet : ça faisait presque un an qu'il n'était pas rentré aussi tôt et il avait une sale gueule.

Simon se pencha vers lui et d'un ton hésitant demanda :

– Ça n'a pas l'air d'aller?

Sans quitter des yeux la télécommande qui finissait par se demander si on attendait d'elle qu'elle lévite, Jacques lâcha :

– Non...

– Qu'est-ce qui se passe?

– J'aimerais bien le savoir... Depuis que cette souris est entrée dans mon bureau, j'ai perdu le fil, tout va de travers et je n'arrive plus à aligner deux pensées cohérentes.

– On dit pas « souris » papa, ça fait macho ringard...

– Ah ouais? Qu'est-ce qu'on dit alors?

– Oh, je sais pas... Meuf ou p'tit lot mais bon, un peu de courtoisie, quand même.

– Je crois que je vieillis, Simon.

– Mais non... c'est juste un coup de blues. Et puis de toute façon tu as dit que tu ne pouvais pas la décoller cette meuf, alors autant faire avec, c'est juste pour un petit moment.

– J' sais pas, j'ai l'impression qu'une catastrophe se prépare et qu'elle va me tomber sur la gueule.

Jacques regarda son fils avec un air de noyé, bondit brusquement sur ses pieds et glapit :

– Et elle le fait exprès, je sais qu'elle le fait exprès! Elle est en train de miner ma résistance, elle veut ma peau. Je vais l'étrangler. Voilà, c'est exactement ça que je vais faire...

Simon, pensif, regardait son père gesticuler. Calmement il lâcha :

– Comment elle est gaulée?

Brusquement calmé, Jacques se rassit :

– C'est une effroyable emmerdeuse, un serpent pervers... Pas mal... Enfin... Plutôt du genre craquant...

– Ah... Moi, je crois que tu devrais inviter Simone à dîner... Tu ne sors pas assez. Je suis sûr que ça irait mieux après une soirée avec Simone. Elle te regarde comme si tu étais un mille-feuille.

Rasséréné, Simon reprit son bol de céréales et son chat et Jacques, fixant son fils, s'abandonna à une sombre méditation sur la précocité et la maturité des enfants de ce siècle.

Oh, merde, le téléphone! D'un œil vitreux, Jacques contempla le réveil. Oh merde! Quatre heures du matin!

Une voix fraîche, pétales de rose et sucre d'orge, gazouilla à son oreille.

– Jââââcques... Comment allez-vous mon cher Jacques?

Elle le persécutait, elle tentait de l'affaiblir en lui volant son sommeil. C'était un truc de flics, il connaissait.

– Mademoiselle Saint Tolber, il est, soit trop tôt, soit trop tard, de toute façon, ce que vous avez à dire ne m'intéresse pas. Bonne nuit!

– Oh, vous boudez encore? Si, si, vous boudez! Bon, je reconnais, j'ai un peu craqué tout à l'heure, et je vous prie de m'en excuser, mais j'étais sous le choc. Je n'ai pas l'habitude qu'on me tire dessus. Mais je vais beaucoup mieux maintenant, Jacques. Surtout, ne vous inquiétez pas, je me suis remise.

A court de repartie, Jacques soupira.

– Là, vous voyez que j'avais raison d'appeler, ça vous a soulagé.

Sa voix de girl-scout guillerette fila instantanément des aigreurs d'estomac à Jacques.

– Je vous appelle aussi pour autre chose. Je dormais... Et Jacques... J'ai fait un rêve.

Il grinça :

– Sans blague ! Alors là, vous m'en bouchez un coin. Vous êtes une femme pleine de ressources, vous rêvez même en dormant ? Et qu'est-ce qui se passait ? Je vous avais ligotée nue sur un lit et je vous fouettais avec des orties ?

– ...

– C'était plus violent ou plus cochon que ça ?

– Vous mangez trop de viande, Jacques. Dommage... Bon, eh bien je vais vous laisser dormir.

– Attendez ! De quoi avez-vous rêvé ?

– Off, c'est sans importance.

Elle avait un petit ton peiné et vexé.

– Ecoutez, je suis confus, je ne suis pas de très bonne humeur, quand on me réveille en pleine nuit.

La voix d'Ariane lui parvint comme il l'aimait, grave et gaie, et il crut presque l'entendre sourire.

– Il faut que vous convoquicz les époux Morin, mais séparément. Je serai là. C'est la prochaine étape, c'est cela qu'il faut faire, Jacques.

– Et puis... ?

– Comment ça « et puis ? »

– C'est tout ce que vous aviez à me dire ?

– Ben, enfin, c'est déjà pas mal, non ?

Un hurlement de bête fauve arracha Simon à un sommeil paisible et Gros Léon en proie à la terreur atterrit en bas du lit avec une queue digne d'un husky, crachant au hasard contre les ombres qui l'entouraient.

– Oh, bon, bon ! Vous êtes vraiment acariâtre, Jacques, bonsoir. Rappelez-moi pour me dire quand ils viendront.

Elle raccrocha, laissant Jacques à une fureur telle qu'il n'en avait pas connu depuis le jour où, deux ans plus tôt, une aubergine bleue lui avait collé un PV pour stationnement en double file. D'un air conquérant et un peu condescendant, il lui avait expliqué qu'il était de la Maison, ce à quoi elle avait répondu très grossièrement : « Et alors, c'est pas de ma faute ! ». Gros Léon compta jusqu'à dix pour régulariser son rythme cardiaque, quant à Simon il se rendormit aussi sec sur la réconfortante pensée « qu'ils n'étaient pas sortis de l'auberge ».

8

– Vous êtes chez Ariane Saint Tolber, bonjour ?

Jacques aimait bien la voix de cette femme, Emma. Ariane lui avait confié qu'Emma était sa gouvernante, nounou, cerbère et secrétaire. Elle s'occupait d'Ariane depuis l'enfance. Lorsqu'il l'avait interrogée sur ses parents, elle avait détourné la conversation. Emma avait une voix grave, un peu comme celle d'Ariane lorsqu'elle oubliait ses accents affectés, gaie avec un je-ne-sais-quoi qui frôlait l'irrévérence. Il l'imaginait assez bien : grande, un peu ronde, bien campée sur ses pieds avec un œil noir pétillant de malice.

– Bonjour, je suis l'inspecteur Belfand, je...

– Ah, Jacques, bonjour, comment allez-vous ? Elle est exaspérante, non ?

– Euh oui, tout à fait. Très bien merci...

– Je ne peux pas vous la passer pour le moment, elle reçoit. Je lui dis de vous rappeler ?

– Euh, oui, c'est gentil, merci.

Il raccrocha, perplexe puis rasséréné : décidément, tout allait de travers depuis quatre jours et en plus, il était parfaitement godiche.

Lorsque, dix minutes plus tard, le téléphone sonna dans le bureau, il se leva, le contourna d'un mouvement lent et sournois, avança la main, la retira brusquement comme s'il attendait que l'appareil refroidisse puis se jeta sur le combiné. Après une admirable passe de sa main droite à sa main gauche, il bloqua l'écouteur sous son menton crispé. Sous l'effet d'une pénible déglutition, il chuinta :

– Oui...

– Bonjour, Jââââcques ! Que c'est chou de m'avoir rappelée !

Comme il y a des moments où un homme se doit de faire face au risque de se perdre, il puisa dans ses souvenirs de guerre contre le grand banditisme la force de raffermir sa voix.

– Les époux Morin seront là à quinze heures. Qui préférez-vous en premier ?

– Lui.

– Je leur ai raconté qu'on essayait de trouver un détail révélateur auquel ils n'auraient peut-être pas pensé et que c'est pour cette raison qu'on désirait les voir séparément. De toute évidence ça n'avait pas l'air de le déranger mais par contre il s'est montré très réticent sur le fait que nous allions cuisiner sa femme.

– Ah bon !

– Ariane... Vous avez vraiment une idée, ou quoi ?

– Non. Ça ne marche pas comme ça. Je m'accroche à un fil et je me laisse porter.

– Le fameux fil d'Ariane ?

– Vous savez que vous êtes presque civilisé quand vous faites un gros effort ?

Il sourit, soudain détendu :

– Pour ce qui est de votre présence, on a fait installer une machine à écrire dans un coin. De toute façon ce que vous taperez n'a pas d'importance, il y a un magnétophone dans le tiroir de mon bureau. On dira que vous êtes un agent féminin. Ariane, pas de tailleur griffé : ces filles gagnent à peine de quoi joindre les deux bouts.

– Bien sûr, ces messieurs se réservent les tâches gratifiantes et les salaires stimulants, je suppose.

– Je vois, une féministe radicale!

– C'est quand même piquant ça! Dès qu'on montre une certaine réticence à se laisser écraser on est une dangereuse activiste, c'est ça?

– Bon, écoutez, Ariane, on ne va pas encore se disputer, hein?

Une voix boudeuse lui répondit :

– Non, je suppose que ce n'est pas le moment... Mais je reste sur mes positions.

– Bien. Ecoutez, ça serait peut-être bien que vous arriviez une heure avant, histoire de mettre tout bien au point? Même, euh... on pourrait déjeuner ensemble... Non?

– Mouif...

– Non, mais enfin, si ça vous emm... ennuie, vous me le dites.

– Non, non, Jacques, pas du tout, au contraire, je suis ravie. J'essayais juste de me souvenir si j'étais libre. Attendez, oui, ma dernière séance est à midi moins le quart, donc... Je peux être là-bas à une heure, ça va?

– Oui, génial. Bon, alors, il y a un petit restaurant sympa un peu plus loin, quai des Grands-Augustins, c'est pas... luxueux, mais c'est sympa, ça irait?

– Parfait. A une heure donc.

Il raccrocha après lui avoir expliqué avec minutie comment trouver le restaurant. Il souriait, béat. Les constantes l'avaient toujours beaucoup rassuré, et il était servi : il déconnait à pleins tubes et avec acharnement.

Elle n'était pas en retard, mais lui, par contre, avait un bon quart d'heure d'avance. Lorsqu'elle entra dans la petite salle, il se sentit rougir et préféra ne pas s'appesantir sur la raison de ses vapeurs. Elle était décidément ravissante et le regard des consommateurs qui l'accompagna jusqu'à leur table lui prouva que son acuité visuelle était encore satisfaisante. Il se leva pour l'accueillir et un désagréable pressentiment l'envahit : depuis combien de temps avait-il oublié ce genre de réflexes ?

Histoire de ne pas rester pétrifié, il déclara d'un ton bougon :

– C'est votre conception de la garde-robe d'une presque smicarde ?

Ariane portait une robe moulante, juste ce qu'il faut, en voile de soie, et était chaussée de ravissants escarpins en daim noir, assortis à son sac.

– Mais non, Jacques. Ne vous inquiétez pas.

Elle pointa son doigt vers le bas de sa chaise, désignant un petit sac en cuir.

– C'est votre baise-en-ville ?

– Que c'est fin ! Je ne pouvais pas sortir déguisée de chez moi. Enfin, Jacques, soyons sérieux, je risque de tomber sur un de mes patients. Je m'habillerai dans votre bureau.

Ils passèrent commande et Jacques se retrouva propulsé dans une série de coq-à-l'âne et de tête-à-queue linguistiques qui après l'avoir exaspéré l'enchantèrent. Il se surprit à rire aux éclats à deux reprises et constata au dessert qu'il n'avait cessé de sourire. Pour se reprendre, il se suggéra mentalement que s'il la sautait ça le calmerait. Il eut ensuite recours au truc infaillible qui consiste à imaginer son vis-à-vis dans des situations obscènes et grotesques et ça ne l'amusa pas du tout et même que Simon avait raison : il était sous-nul et en plus un vieux sous-nul. Bref, ça allait très mal, d'autant qu'elle ne se rendait compte de rien. En désespoir de cause, il finit par se convaincre qu'après tout, cette fille avait du charme, elle était jolie comme un cœur, de toute évidence pas complètement crétine, en plus, ça faisait très longtemps qu'une femme ne l'avait pas fait rire, un homme non plus d'ailleurs, qu'en conclusion il subissait un petit béguin sans conséquence. A part cela, elle avait tous les défauts de la terre en général et des bonnes femmes en particulier et c'est tout.

Ils rentrèrent en flânant.

– Dites-moi, Ariane, c'est qui au juste les... gens avec lesquels vous correspondez dans... ces moments-là? A moins que ce soit indiscret.

– Ah non, pas du tout. Eh bien, il y a Luce. C'était une cousette dans le Paris 1880. Elle est morte très jeune. Je crois qu'elle était un peu fatiguée de la vie. Luce c'est un peu le garant de l'honnêteté, la fiabilité, le sérieux. En dépit de sa douceur, c'est quelqu'un de très fort, très décidé. Chose précieuse, elle possède un bon sens à toute épreuve. Il y a la princesse Sun-Lee. C'était une poétesse thaï du seizième siècle, bourrée de talent. Fine, racée, futée, parfois un pcu cryptiquc mais on s'y fait. Elle est parvenue à résister à un vieux mari libidineux et brutal, mais tout en souplesse. C'était un pervers dangereux, mais elle a réussi à l'enterrer. Attention, ce n'est pas elle qui a... Ah non, pas du tout. Elle a régné sur une province, au travers du fils aîné de son mari qui se concentrait tout entier à la quête de la Fée-singe. Il faut dire qu'en plus d'être l'auteur des poèmes les plus bouleversants que je connaisse, Sun-Lee était une actrice consommée. Elle s'est éteinte doucement à un âge assez avancé pour l'époque. Et bien sûr, il y a Archibald Mac Gregor qui, comme vous vous en doutez, est écossais.

– Celui de la morgue.

– Oui. Archibald était soldat. Comme il est assez coquet, je n'ai jamais pu lui tirer une date de naissance précise. Tout ce que je sais c'est qu'il a participé à la bataille de Culloden. C'est un merveilleux ami et une aide précieuse dans les moments difficiles.

– La charge héroïque du cinéma?

– Oui, n'est-ce pas qu'il est malin? A part cela, il a parfois des écarts de langage un peu pénibles et comme il était... comment dire... chaud lapin, et que le bon whisky le rendait tendre et très affectueux avec les dames, certaines de ses confidences ne sont pas à mettre entre toutes les oreilles.

– Il est tombé au champ d'honneur?

Ariane pinça les narines :

– Non, d'une crise cardiaque. Ce fut rapide et sans douleur; du reste il était ivre mort et en galante compagnie.

Jacques sourit, enchanté par cette idée :

– Heureux homme, heureuse fin.

– Sybarite!

9

Lorsque Ariane revint des toilettes réservées au personnel féminin et qu'elle entra dans son bureau, Jacques crut que ses globes oculaires allaient s'éjecter hors des cavités naturellement prévues pour leur rangement et dégouliner le long du pli de son pantalon. L'extravagance misérabiliste de sa tenue le laissa sans voix. Elle se traînait péniblement dans de vieilles chaussures en vernis craquelé, genre pieds sensibles, deux pointures trop grandes, et qui lui battaient les talons à chaque nouvelle glissade. La fermeture Eclair de sa jupe écossaise, orange et noire, à godets, fermait à l'aide d'une grosse épingle de nourrice. Un chemisier bordeaux en vilain acétate, bâillait au niveau de sa poitrine sur un fond de robe bleu bébé que même un soldeur bas de gamme aurait refusé de vendre. Histoire de faire dans la nuance, elle avait posé sur son joli petit nez une paire de lunettes monture Séc-Soc d'avant-guerre. L'une des branches tenait grâce à l'intervention tarabiscotée d'un trombone. Le point d'orgue de cette composition tout en subtilité était apporté par une espèce de chose en poils longs, raides et blondasses qui faisait office de perruque. Elle avançait voûtée, autant pour mimer l'infinie tristesse des pauvres agents féminins que pour retenir ses chaussures.

Jacques essayait en vain de capter son regard. Il comprit au bout de quelques secondes qu'il n'y parviendrait pas : ses lunettes l'empêchaient de voir.

Une rage belle comme une épopée grecque le faisait trembler. Il déclara avec une douceur meurtrière :

– Il n'était pas nécessaire de faire des frais pour cette perruque, Ariane. Nous aurions été heureux de vous prêter le balai à chiottes de l'étage.

Et puis, ce fut comme une énorme boule qui lui naissait dans les poumons et qui grossissait, et il fallut que ça sorte avant qu'il n'en fasse un urticaire. Hurlant, il se lança sur elle, les mains en avant.

– Mais vous vous foutez du monde ou quoi? Qu'est-ce que vous nous jouez, là? « Les Trois Orphelines » et « la Petite Marchande d'allumettes » réunies?

Piquée par cette monstrueuse injustice, Ariane répondit en plissant les paupières pour tenter de localiser son agresseur qui avait entrepris de la secouer dans tous les sens :

– Mais lâchez-moi... Ma perruque glisse... vous m'avez dit...

– Je vous ai dit « sobre », pas grotesque! Vous pourriez crachoter pendant qu'on y est. Une phtisie galopante chopée dans les locaux insalubres et humides de la PJ, ça ferait devantage couleur locale, vous ne trouvez pas?

– Vous sombrez dans une nouvelle version de Germinie Lacerteux, mon ami, l'émotion en moins!

– Ah, non, je peux plus là, je peux plus. Je me

sens las tout d'un coup, je vieillis, je craque, je sais pas, moi...

Ariane enleva quelque secondes ses lunettes pour s'approcher de lui : il avait l'air terriblement abattu! Pleine de compassion, elle oublia son aigreur et tenta de lui remonter le moral.

– C'est le surmenage, Jacques. Ne vous inquiétez pas, je suis là...

– J'vais mourir, conclut-il, lugubre.

– Mais non, mais non. Allons, on est un grand garçon, on se reprend, et puis voilà. Du reste, je crois que je vais enlever ces lunettes, ça me donne mal au cœur!

– Ariane, vous voulez me faire plaisir?

– Mais bien sûr, Jacques.

– Enlevez cette perruque et allez vous asseoir derrière votre bureau, qu'on vous voie moins.

Ariane s'exécuta. Lorsqu'elle fut assise, elle babilla :

– Non, mais Jacques, c'était bête de vous énerver comme cela, avouez-le. C'est la première fois que je fais cela et je ne peux pas être parfaite du premier coup, n'est-ce pas?

Elle avait l'air d'attendre une réponse, voire même un compliment. Heureusement pour Jacques, le téléphone sonna à ce moment. Le planton lui apprit que les époux Morin montaient.

– Ils arrivent... Hé! Ariane, pas d'improvisations, n'est-ce pas?

Blessée, elle répondit la bouche en cul-de-poule :

– Alors, ça, certainement pas. Puisque mon aide n'est pas appréciée, vous vous débrouillerez tout seul, na!

Il rendit grâces dans un murmure dévot :

– Merci, mon Dieu!

Ainsi qu'il avait été prévu, un policier en uniforme fit d'abord entrer M. Morin.

– Asseyez-vous, monsieur, je vous remercie d'être venu. Je sais que tout cela doit être bien pénible pour vous, mais je ne veux rien négliger.

– Oui, je comprends, mais c'est pour ma femme vous voyez?

– Oui, bien sûr. Ce doit être affreux pour une mère.

– Elle est tellement partie dans son chagrin, qu'elle est sans réaction, maintenant. Elle pleure même plus depuis qu'on a appris que...

Sa voix s'étrangla sur un hoquet douloureux. D'un revers de sa grosse main carrée, il se frotta énergiquement les paupières, pour qu'on ne voie pas qu'il se les essuyait. Il respira très fort, par le nez, pour tenter de calmer le tremblement de sa voix.

– Karin était notre seule enfant, vous savez... C'était un amour de petite fille. Je sais que tous les parents doivent dire cela mais c'est vrai. Et puis, elle nous est venue sur le tard, à un moment où on n'espérait plus guère.

Jacques tourna la tête pour foudroyer Ariane du regard : elle reniflait de plus en plus fort et tapait énergiquement et avec une cadence de métronome sur la même lettre depuis l'entrée de M. Morin. Occupée à ravaler ses larmes, elle n'intercepta pas le regard de Jacques.

M. Morin expira bruyamment. C'était un grand homme, si large qu'il paraissait encore plus voûté. Jacques se remémora pendant qu'il l'interrogeait les détails des rapports de Norbert. Morin s'était taillé la part du lion dans le commerce des primeurs. Il possédait maintenant une chaîne de magasins et fournissait certains hyper-marchés. A l'exception de petites entourloupes vis-à-vis de l'administration des impôts, sans gravité et très habituelles, c'était un honnête homme. Jacques lui posait des questions dont il connaissait la réponse pour donner à Ariane le temps de trouver son putain de fil. Ariane qui de son côté avait décidé de pulvériser la touche du « G ». Les « G » s'anastomosaient sur la page, puis se ramifiaient en tous sens... C'est très joli, un entrelacs de « G ». Ils finirent par déborder de la page pour aller s'inscruster sur le rouleau. Le « cling » péremptoire de la machine, la ramena au réel. Traduisant l'œil noir de Jacques, elle opta pour quelques petites frivolités – des « gui » ou des « dre » – pimentées de quelques barres d'espacement.

Morin répéta presque mot pour mot ses premières déclarations : Karin n'était pas rentrée de l'école de la rue Ledru-Rollin ce mardi soir-là. Mme Morin avait d'abord pensé qu'elle avait raccompagné Sophie, sa camarade. Vaguement inquiète, elle avait téléphoné une heure plus tard chez les parents de la petite fille. Le coup lui avait coupé le souffle. Karin avait quitté Sophie à la sortie de l'école. Une dame l'attendait. Elle avait embrassé la petite fille d'abord réticente. Elle lui avait parlé, mais Sophie n'avait pas pu entendre. Et puis, elles étaient toutes les deux montées dans une voiture gris foncé. Un homme était au volant. Alors avait commencé le calvaire : l'attente, la peur monstrueuse qui dévorait les nuits, les faux espoirs, les pensées qu'on n'ose même pas formuler parce qu'on sait qu'on en deviendrait fou ou qu'on en mourrait si on avait de la chance. Il n'y avait pas eu de coup de téléphone, pas de demande de rançon, et puis...

Et il s'arrêta. C'était encore beaucoup trop tôt pour arriver à prononcer le mot « morte ».

Morin regardait Jacques droit dans les yeux. De

grosses larmes qu'il ne sentait pas glissaient le long de son nez, de son menton. Jacques ne parvenait pas à détourner le regard. Ariane était affalée sur son clavier et sanglotait tout en tentant de ne pas faire de bruit.

Après quelques minutes Morin se calma. Jacques le raccompagna.

– Inspecteur... Je suis désolé.

– Non, c'est moi qui suis désolé.

– Pour ma femme... Elle n'est pas dans un état normal. Elle peut vous paraître bizarre.

– J'ai vu suffisamment de gens souffrir pour savoir que le vrai chagrin prend parfois des formes déroutantes, ne vous inquiétez pas.

Un gémissement de bête blessée à mort salua sa sortie. Jacques se tourna vers une Ariane qui s'étouffait dans ses sanglots. L'immodération de sa détresse le surprit venant de ce qu'il considérait comme une folle coincée, mais, manque de chance, elle le charma encore davantage. Les hoquets de la voyante s'espacèrent et après qu'elle eut bruyamment mouché son nez dans le mouchoir en papier que lui tendait Jacques, elle lâcha un gros soupir :

– Oh, mon Dieu, quelle souffrance il y a dans cet homme. Et il est si gentil, c'est un homme bon. Oh, c'est affreux. Si je ne savais pas que Karin est encore en vie, je ne pourrais pas continuer. On ne peut pas lui dire la vérité, que sa petite fille est en vie... Juste un peu quoi?

– Non, Ariane, on ne peut pas... Parce qu'on ne sait pas qui a monté cette salade!

– Oh, saint Basile, aidez-le!

– Alors, qu'est-ce que vous en pensez?

– Il est vraiment désespéré... Mais, ce qui m'étonne, c'est que Karin n'est pas sa fille.

– Je vous demande pardon?

– Je dis que Karin Morin n'est pas la fille de M. Morin.

Exaspéré, Jacques ouvrit le dossier et d'un ton condescendant, lut :

– Karin, Véronique, Charlène Morin née à Valence le 2 décembre 1985 de Claude, Charlène, Marie Desfoix épouse Morin, et de Pierre, Gilbert Morin ! Alors, qu'est-ce que ça vous suggère ?

– Rien ! C'est pas sa fille, c'est tout !

– Et alors, c'est la fille de qui ?

– Ah ! écoutez, Jacques, cessez d'amalgamer toutes les notions comme ça. C'est très énervant. Je suis médium et empathe, pas télépathe et tenez-vous-le pour dit, enfin.

– Bien, bien.

– D'ailleurs, un peu de bon sens suffirait en la matière !

– Ah ouais ?

– Comment se fait-il que la petite fille soit née à Valence ? En plein mois de décembre, en plus ! Les deux parents sont parisiens, non ? Moi, je ne sais pas, mais il me semble qu'une femme qui approche de son terme reste à proximité de la maternité où elle est inscrite. A moins, bien sûr, qu'elle ait de la famille à Valence et ait prévu d'y accoucher dès le début... A vérifier !

– Pas sotte !

– Je n'en ai jamais douté ! Bon, on continue ?

Jacque se leva et fit entrer Mme Morin. C'était une petite femme, très mince et qui pourtant semblait à l'étroit dans ses vêtements. Ses cheveux poivre et sel étaient serrés dans un catogan qui mettait encore davantage en relief la pâleur cireuse de son petit visage fin. Ses lèvres serrées formaient une ligne à peine rosée. Jacques pensa qu'elle avait dû être très jolie et que sans cette souffrance elle serait sûrement encore belle. Obéissant à l'invitation de Jacques, elle se serra sur le rebord de la chaise, sans un regard pour Ariane. Toute son attention était concentrée sur Jacques. Son regard bleu-vert était si perçant qu'il s'en étonna. Il avait imaginé un regard perdu, vague.

– Je suis sincèrement désolé, madame, de vous infliger cette nouvelle épreuve, mais soyez convaincue que seuls les besoins de l'enquête la justifient.

– ...

– Pouvez-vous tout me raconter depuis le début, c'est-à-dire le mardi soir? N'omettez aucun détail, même s'il vous paraît sans importance.

– Karin n'est pas rentrée à l'heure habituelle. J'ai pensé qu'elle avait raccompagné sa petite camarade de classe Sophie. Je ne me suis donc pas affolée...

D'une voix posée, elle répétait presque mot pour mot ses deux précédentes déclarations. Elle avait avancé le torse et ne quittait pas Jacques des yeux... Et elle le foutait très mal à l'aise. Ça n'était pas tant son incroyable calme, non, Jacques avait vu des assassins sangloter sur le cadavre de leur victime et des innocents désespérés incapables de verser une larme... non, c'était autre chose. En fait, ce fut le silence qui alerta Jacques. Ariane ne reniflait ni ne sanglotait. Elle avait le regard perdu au plafond et la bouche ouverte. Il toussota, crachouilla, fit des petits bruits avec son crayon. Mme Morin continuait sa narration sans faux pas et Ariane inventoriait la fissure qui partait du tube néon pour aller se perdre dans le coin supérieur gauche de la fenêtre. Jacques se concentra à nouveau sur la petite femme en face de lui. Quelques secondes plus tard, le crépitement fébrile d'une machine à écrire qui s'emballait le fit sursauter... Un crépitement tout ce qu'il y a de structuré.

Mme Morin arriva à la fin de son exposé, se tut et attendit.

– Je vous remercie, madame. Je suis convaincu que votre déposition nous sera d'une aide précieuse.

Il la raccompagna dans le couloir où l'attendait son mari. Curieux, elle n'avait posé aucune question, ne s'était jamais intéressée à la progression de l'enquête...

L'autre dingue, dans son coin, continuait de frapper comme si sa vie en dépendait. Pour s'aider dans sa redoutable tâche, elle avait coincé un bout de langue entre ses dents. Jacques s'approcha d'elle. Une très légère transpiration fonçait la racine de ses cheveux.

– Ariane, ils sont partis. On arrête!

Elle tapait toujours. Son regard passa au travers d'un homme qu'elle avait l'impression de connaître, mais elle retourna bien vite à sa frappe.

Jacques commençait à s'inquiéter : elle n'avait pas du tout l'air dans un état normal.

Il assena un grand coup de poing sur la petite table où elle s'était installée et cria :

– J'ai dit : on arrête! Vous nous faites une version du Bottin en écossais du bas Moyen-Age ou quoi?

Ariane le fixa sans le voir durant quelques secondes. Puis d'une voix lasse demanda :

– Ils sont partis? Je suis un peu fatiguée. Vous pouvez m'appeler un taxi?

– Mais enfin, Ariane! Et elle, qu'est-ce que vous en pensez?

– Elle? Elle nous déteste, bien sûr.

– Comment cela?

Tirant la feuille de la machine, elle la tendit à Jacques qui lut :

« She is scared. No pain... No more pain. Not

now. We enemies, not them, we are her enemies... »

– C'est-à-dire?

Il lui rendit la feuille.

– Oh, excusez-moi. Il me semblait bien avoir senti Archie. Elle nous hait, nous sommes ses ennemis, pas les ravisseurs. Elle a peur, terriblement peur, mais de nous. Il n'y a plus de peine en elle, que la peur... Remarquez, heureusement que ce n'est pas du thaï médiéval : je le maîtrise encore très mal à l'écrit. Oh, mais je suis bête, de toute façon, ce vieux clou de machine à écrire n'a pas les bons caractères!

– Mais qu'est-ce que ça veut dire, Ariane?

– Je ne sais pas. Si je n'étais pas convaincue que la fillette est en vie, je pense qu'elle ferait un bon suspect. Non, même pas d'ailleurs : elle est seulement gris terne. C'est un peu comme si elle connaissait les ravisseurs et qu'elle tente de les protéger, ou peut-être comme si c'était elle le ravisseur...

Jacques la regardait, plongé dans un abîme de questions. Curieusement, il était sûr qu'Ariane disait la vérité, pire même, la réalité. Et il décida de s'accommoder pour l'instant de ce paradoxe selon lequel il ne croyait pas aux pouvoirs supranaturels, bien qu'il en atteste la validité et ne soit finalement pas trop fâché de les utiliser.

– Par ailleurs, Jacques... Karin Morin n'est pas non plus la fille de sa mère. Excusez-moi, je rentre, je ne me sens pas très bien.

Elle avait déjà trouvé un taxi quand il sortit de sa prostration pour se précipiter à sa suite.

10

Jacques tenta de joindre Ariane toute la soirée : sans succès! Il tomba à chaque fois sur le même répondeur qui, par l'intermédiaire de la voix suave et modulée de sa propriétaire, l'assurait que, certes, Ariane eût été positivement ravie de tailler une petite bavette avec lui, mais qu'elle était absente et pourquoi ne pas laisser des coordonnées ou mieux encore rappeler le lendemain? Comme tous les gens que les répondeurs exaspéraient et, en réalité, terrorisaient, Jacques se rendait malade de l'absence de réponse alors qu'il ne décrochait pas les dents.

Le lendemain matin, à court de silence, il risqua un :

– Euh, bien... J' me demandais...

Lequel fut immédiatement exaucé sous forme d'un déclic suivi de :

– Jâââcques, enfin, je commençais à désespérer... je décolle dans deux heures, et je crois que j'ai oublié de vous prévenir que je ne serais pas de retour avant lundi. J'ai téléphoné sans arrêt chez vous et à la PJ, il n'y avait jamais personne... Si, Simon, votre fils... et Jacques, au fait, emmenez donc ce chat chez le vétérinaire, il a une gingivite carabinée, vous êtes d'un négligent, parfois, vraiment !

– Vous partez ?... Léon a une gingivite ? Et Simon n'était pas au collège ?

– Ça évidemment, vous ête d'une telle confusion mentale mon pauvre ami ! Alors, dans l'ordre : oui, je pars. Il me semble d'ailleurs que je vous l'ai dit, mais comme vous ne prêtez aucune attention aux autres... Ça a dû vous entrer par une oreille et ressortir par l'autre. Deuxièmement, ça fait deux ans que Léon est soigné pour une gingivite, ça c'est à cause de ces ridicules bouillies en boîte que vous lui achetez, enfin Simon ne commence les cours qu'à onze heures le jeudi matin. Alors dites-moi Jacques : à part persécuter les femmes à quoi pensez-vous dans la vie ?

Et elle ne plaisantait pas, du reste elle manquait totalement d'humour, ça il en était convaincu. Il était à deux doigts de lui faire avaler ses faux cils de travers en lui susurrant une bordée de ses injures les plus pittoresques, dont certaines le gonflaient d'orgueil, mais... Mais si la curiosité n'a pas tué le chat, elle a attrapé le flic :

– Et où c'est que vous partez ? Et de quoi vous avez parlé avec mon fils ?

– Où pars-je, voulez-vous dire ? Je pars quelque part sur un autre continent où me recevra un de mes patients pour une séance mensuelle, et son avion privé m'attend à Orly. Content ? Quant à votre fils, c'est un petit garçon remarquable, largement plus courtois et sensible que son père, mais peut-être faut-il y voir la part des gènes maternels ?

– Je vous interdis, espèce de...

Un bib-bip têtu l'arrêta net dans son envolée. Il tenta de la rappeler, histoire de lui régler son compte une fois pour toutes, à cette pimbêche frustrée, mais le répondeur était toujours aussi suave et modulé.

Bon, eh bien, puisque c'était comme ça, il allait faire des choses superdangereuses et si jamais il lui arrivait quelque chose, eh bien, elle s'en mordrait les doigts parce qu'elle saurait bien qu'elle était responsable... Et finalement, Simon aurait raison cette fois d'avoir honte de lui : l'acné en moins, il régressait doucement vers une prépuberté douloureuse. On se calme!

Le reste de la journée fut paperassier jusqu'à la démesure. Il envoya des messages vers le Sud pour découvrir si les Morin et surtout Mme possédaient de la famille à Valence. La réponse lui parvint juste avant qu'il ne rentre chez lui. Elle ne l'étonna pas vraiment : non, les Morin n'avaient plus de famille, ni dans le Sud, ni ailleurs. La même réponse confirmait qu'un acte de naissance avait bien été enregistré pour une petite Karin, Véronique, Charlène Morin, fille de Claude, Charlène, Marie Desfoix épouse Morin, et de Pierre, Gilbert Morin, née le 2 décembre à seize heures en la clinique gynécologique du docteur Edmond-Bernard Clarisse. Mais que diantre allaient-ils faire dans cette ville? D'autant que Jacques était convaincu qu'Ariane ne s'était pas trompée. Mais attention, hein! Il ne fallait y voir rien de surnaturel ou de para-machin, c'était juste de l'intuition. Certes, il devait admettre que les femmes possédaient en général un sixième sens, comme les chats, mais c'était probablement pour compenser une intelligence légèrement moins puissante que celle des hommes. Bien fait pour elles! Merde! Ça ne lui faisait pas autant de bien que d'habitude de déblatérer sur les femelles!

C'était pourtant, et alors là, objectivement, un sujet inépuisable et très réconfortant...

De retour chez lui à une heure décente, Jacques confectionna pour son fils et lui un plat de spaghetti bolognaise. La recette manquait certes d'originalité, mais grâce à de fréquentes répétitions, Jacques sentait qu'il confinait au génie culinaire.

– Paraît que Léon a une gingivite?

– Ouais!

– Je te laisserai l'argent demain pour aller chez le véto...

– Sympa, merci.

– Euh...

Simon le regarda. Incroyable, ils avaient tous les trois le même regard! Cette givrée, son fils et ce chat mollasse et léthargique qui pouvait atteindre le mur du son quand ça l'intéressait. Un regard précis, aigu, mais plein de bienveillance.

– Tu disais?

– Euh, non, c' que je veux dire, c'est... paraît que t'as eu Ariane au téléphone?

– Ouais.

– Ah, bon. Euh, c'était... comment?

– Sympa.

– Ah...

Un silence s'établit. Simon et Gros Léon ne le quittaient pas des yeux.

– P'pa? Si tu demandais carrément ce que tu veux savoir ça serait plus facile d'y répondre.

C'était tellement évident, qu'il n'y aurait pas pensé. Il se jeta à l'eau.

– Je voulais savoir comment tu l'avais trouvée, c'est tout.

– Intelligente, sympa, bien. Un peu farfelue,

peut-être mais ça change des ternes, non? T'es amoureux?

– Oh, eh, tout de suite les grands mots, comme t'y vas, hein...

– Dommage, elle est chouette. Et puis, ça te ferait du bien. Ça fait toujours du bien d'aimer les gens et de s'en faire pour eux... Ça pousse au cul.

Jacques le regarda en souriant. Il avait vraiment dû faire quelque chose de putain de bien sans s'en apercevoir pour mériter ce gosse.

– Je crois que je suis un peu amoureux... Même, tout bien considéré, pas mal.

– Et elle?

– Elle? Elle est dingue. De toute façon, elle est en permanence à côté de ses pompes. Si j'arrivais chez elle tout nu avec une plume dans les fesses, je ne suis même pas sûr qu'elle s'en rendrait compte.

– C'est bien. Pourquoi tu ne l'invites pas à dîner? Tu pourrais l'impressionner avec tes spaghetti bolognaise?

– Ouais, futé.

Il coucha Simon et borda Gros Léon. Le félin miniature, en dépit d'un respectable bourrelet abdominal, le fixait de ses yeux verts. Marrant, Jacques ne s'était jamais rendu compte de la similitude de leurs trois regards avant ce soir. Léon allongea dans un soupir ses postérieurs sur son oreiller, qui jouxtait celui de Simon. Il avait eu le train arrière amoché par des coups de pied. Une bouffée de rage envahit Jacques : il détestait les types qui s'en prenaient aux gosses, ou aux animaux, parce que c'est indigne. Il avait parfois éprouvé un sentiment étrange face à certains grands truands : presque une communauté de pensée. S'ils avaient tué – et ils avaient tué – c'était à armes égales et à force égale. Mais c'étaient des sentiments dont il se défendait. Il ne faut jamais comprendre ses ennemis, parce qu'alors c'est contre soi-même qu'on se bat. Et puis, les hommes sont des sentimentaux : les jolies histoires de brigands les ont toujours fait vibrer, peut-être parce qu'ils n'ont jamais vu de fille au visage tuméfié par les coups d'un mac parce qu'elle n'a pas voulu monter un micheton particulièrement craignos. Ne jamais romantiser le Milieu : les mots de Charrare étaient justes, et tous le savaient. Pourtant, des fois... Il arrivait à comprendre ce qui avait pu amener un mec à en descendre un autre mais il n'arriverait jamais à comprendre pourquoi un type s'était acharné sur Léon... Ou sur Karin.

Il gratta Léon sous le menton. La petite tête ronde au menton prognathe s'avança à la rencontre de sa main : c'était un privilège rare, en général réservé à Simon, et Jacques en fut ému. Mme Louise, la femme de ménage qui daignait faire semblant de ranger quatre heures par semaine, dont une heure consacrée à des récriminations sur les gros sales incapables de ranger correctement la vaisselle, ne manquerait pas de faire des remarques désobligeantes sur les poils de Léon.

– Je vous l' dis, monsieur Jacques, c'est pas sain. Ça donne des allergies et de l'acné et, un jour, ça lui tombera sur les poumons à votre mioche et alors là, vous serez bien content, hein?

Vieille vache. En plus, elle sentait la transpiration dès huit heures du matin. Ça ne lui donnerait sûrement pas d'acné mais c'est fou le bien que ça lui avait fait. Il avait raison, ce gosse : c'est important d'aimer quelqu'un et s'en faire pour lui. Ça pousse au cul! Il laissa Simon endormi sous la garde vigilante de Gros Léon qui se sentait des ardeurs et des possibilités de mâtin de Naples si son jeune maître était menacé, et sortit de l'appartement sans bruit... Pas bête, d'ailleurs, l'idée d'un chat de garde. Il paraît que le roi du Siam faisait garder les enfants royaux par des siamois dressés, et, tout bien considéré, Jacques préférait avoir affaire à un chien énervé qu'à un Gros Léon furibond!

Il éteignit les phares de la voiture cinq cents mètres avant le portail fermé de la clinique du Val au Gouffre et se gara contre le haut mur de bauge qui ceinturait la propriété, puis monta sur le toit de la 205. Après pas mal de gesticulations et une grosse suée il parvint à se rétablir sans trop de casse de l'autre côté. Merde! Comment allait-il sortir? Belfand, tu baisses! Non seulement il n'avait rien prévu qui puisse l'aider à rejoindre sa voiture en catastrophe si besoin était mais, en plus, faire le mur lui avait demandé un effort prodigieux : décidément, il vieillissait, et pas trop bien. Tout ça en plus à cause de cette tordue qui devait s'amuser comme une folle il ne savait trop où, se faire bronzer sur une plage de sable fin en dégustant des cocktails à la noix de coco pendant qu'un bellâtre lui chatouillait la nuque... Il allait le cogner ce mec, s'il n'enlevait pas tout de suite ses sales pattes de son cou... On se calme, on a du boulot.

Instinctivement, Jacques se dirigea vers le pavillon des fuchsias, celui qui avait plongé la perruche dans un murmure confus. Quelques-unes des fenêtres du bâtiment étaient encore éclairées et Jacques redoubla de prudence. Ses fonctions l'autorisaient à mettre son gros nez partout, mais il ne tenait pas à créer de remous; Charrare et sa méfiance pachydermique risquaient de lui en faire un caca nerveux qui ferait passer le peloton d'exécution pour une promenade de santé. Il se courba et passa sous les fenêtres du rez-de-chaussée. Jacques risqua un regard prudent dans une des chambres éclairées : une ravissante jeune femme était assise sur un rocking-chair, un livre à la main. Elle fixait la porte de ce qui ressemblait davantage à un boudoir qu'à une chambre de travail. Jacques poursuivit son petit tour. C'était comme une série de décalcomanies : toutes les femmes attendaient quelque chose ou quelqu'un, assises ou debout ou allongées... Et il y avait une erreur dans l'image! Cinq femmes, cinq charmants boudoirs, cinq attentes forcenées, cinq erreurs, mais toujours la même.

Après pas mal d'acrobaties, il retrouva sa voiture, angoissé à l'idée de devoir arrêter la clope et le calva mais assez satisfait de lui-même. C'était une affaire rondement menée : il ne s'était pas fait arracher la fesse par un couple de dobermans, on ne lui avait pas tiré dessus et il avait appris des choses... Même qu'Ariane allait être rudement estomaquée. Bien sûr, un petit bobo infligé dans l'exercice du devoir l'aurait peut-être émue, mais enfin on ne peut pas tout avoir!

Il fut moins épouvantable au cours du week-end que ne l'avaient pronostiqué Simon et Gros Léon. Un peu tendu, certes, mais à peu près tolérable. Simone téléphona le samedi soir pour savoir s'ils avaient besoin d'une cuisinière. Jacques aurait aimé l'inviter et lui mentir, histoire d'avoir la paix mais Simon le surveillait, et le mépris de Simon c'était quelque chose qu'il n'aurait jamais les moyens de s'offrir. Maladroitement, Jacques admit qu'il n'était pas libre. Simone ne récrimina pas et ne demanda pas d'explication. C'était une femme intelligente qui savait que les aveux fixent les choses et que tant qu'on n'a pas perdu il faut prétendre qu'on a gagné.

Ariane téléphona le lundi à la PJ alors qu'il s'apprêtait à aller calmer son estomac de deux cafés allongés de prune.

– Comment allez-vous, Jâââcques? J'ai passé trois jours absolument divins. Ah! c'était magnifique, merveilleux, vraiment. Quelle joie de se retrouver avec des gens intelligents, courtois, cultivés!

– Où étiez-vous?

– Quelque part en Afrique et ça ne vous regarde pas. Il s'agit d'un homme connu, et je possède ma déontologie sur le bout des doigts.

– C'est ça. Un bellâtre vous a draguée et vous fondez!

– Mon pauvre Jacques, décidément! Enfin, Emma qui ne vous connaît pas et qui est donc encore indulgente à votre égard me demandait si vous accepteriez de déjeuner avec nous?

– Non

– Non?

– Non!

– C'est un vrai cordon-bleu, vous savez?

– Remerciez Emma de ma part mais je ne suis pas libre.

– Ah! Dommage. Bon, eh bien à plus tard, alors?

– J'ai quelque chose de très intéressant à vous raconter. On pourrait peut-être se voir ce soir?

– Non, ce soir je dîne avec un ami. Demain, peut-être?

– Quel ami?

– Non, écoutez Jacques, c'est sûrement une déformation professionnelle mais quand même, n'abusez pas de ma patience!

– Excusez-moi. Demain midi? Au même endroit que la dernière fois, alors?

– Parfait. A treize heures?

– D'accord.

Il s'en voulait. Terriblement. Il avait pensé à elle tout le week-end, et il refusait une invitation qui provoquait un autre retard de vingt-quatre heures. Mais il ne voulait pas aller chez elle. D'abord parce que c'était son territoire et qu'elle était déjà suffisamment forte sans cela, et puis parce que tout ce fric, tout le luxe intelligent qu'il était sûr de trouver chez elle le rendait maladroit, conscient de ses insuffisances. Que pouvait-il apporter qu'elle n'eût pas? Simone, au moins, avait besoin de lui.

Ariane raccrocha de l'autre côté de la ligne et demeura perplexe. Dire qu'elle avait fait des pieds et des mains pour qu'Emma invite Jacques sans se rendre compte de son insistance! Il était d'un fatigant, cet homme. Et puis d'abord pourquoi avait-il refusé son invitation? Elle était magnifique aujourd'hui, et ceci dit en toute modestie. A peine hâlée, détendue, bref, très appétissante! Les hommes sont d'un compliqué! Emma entra dans son bureau et demanda :

– Alors, vient-il?

– Non, Monsieur à ses vapeurs!

– Tu es sûre de l'avoir invité... Enfin avec ce qu'il faut?

– Oh! écoute, je t'en prie, Emma.

– Bon, alors tu m'appelles encore une seule fois Emma sur ce ton et je te colle ma main sur la figure, c'est clair ?

– Pardon, maman. Y m'a énervée.

– Voilà qui est mieux. Ce n'est pas parce que nous savons des choses qu'il ignore qu'il faut prétendre que nous les avons oubliées, n'est-ce pas ?

– Certes. Je suis désolée, maman.

Sa mère lui sourit. C'était encore sa petite fille et c'était surtout toujours sa seule préoccupation.

Le reste de la journée de Jacques fut un calvaire et la soirée pire encore. Simon dîna sans un mot et claqua la porte de sa chambre. Il dut réfléchir ou en discuter avec Léon puisqu'il rouvrit pour lancer :

– Nous n'avons pas à subir le fait que tu te comportes comme un débile endimanché, et elle non plus d'ailleurs. Tu n'as pas à faire payer tes complexes aux autres.

La structure de la réprimande mais aussi sa justesse jetèrent Jacques sur le whisky. Et d'abord, qui était ce type avec qui elle dînait ce soir ?

Le lendemain matin fut morose et approximatif. Il avait vidé la bouteille de whisky et, en dépit de ses indiscutables capacités hépatiques, ses neurones avaient grand-peine à se remettre en place.

Il arriva dans le petit restaurant du quai des Grands-Augustins avant elle, bien sûr. Le même regard admiratif des mêmes habitués la suivit lorsqu'elle parut. Elle s'installa en face de lui, charmante, souriante. Il lui en voulait terriblement de tas de choses qu'il n'arrivait pas à définir mais lui pardonna instantanément. Il lui conta par le menu les risques fous qu'il avait délibérément pris pour faire avancer leur petite enquête. La description des chiens de garde tueurs qui n'étaient pas là, mais qui auraient pu le poursuivre s'ils y avaient été n'eut pas l'air de l'émouvoir outre mesure, aussi passa-t-il, un peu déçu, aux faits.

Ariane l'écoutait bouche bée.

– Voyez, moi, ce qui m'étonne, ce sont leurs ventres.

– Enfin, Jacques, vous êtes un grand garçon, maintenant. Je peux bien vous avouer que ce ne sont pas les cigognes qui déposent les bébés dans les berceaux.

– Justement. Elles étaient toutes minces et plates. Toutes les cinq.

– Elles venaient peut-être d'accoucher, non ?

– Toutes les cinq en même temps ? Non, et puis elles étaient fraîches et pimpantes. Vous avez déjà vu une femme qui vient d'accoucher ? Moi oui. La mère de Simon. Et je peux vous assurer qu'elle avait l'air d'être passée sous un rouleau compresseur. A moins que l'obstétrique n'ait fait de prodigieux progrès...

– Vous voulez dire qu'elles n'ont pas accouché ?

– Exactement, ma chère. Elles attendaient toutes un bébé, mais pas le leur !

– Oh, par saint Basile ! C'est fou quand même ! Vous voyez, j'ai toujours raison.

– Mais enfin, qui est saint Basile ?

– Ben, mon saint, pardi ! Je l'ai choisi parce que personne n'en parle. C'est un des grands oubliés de l'histoire. Tout le monde connaît, du moins de nom, saint Honoré, saint Roch ou sainte Thérèse, mais alors saint Basile, tripette. Il faut dire qu'il n'a jamais reçu la couverture médiatique des autres, le pauvre !

– Ah ça pour sûr !

Et Jacques éclata de rire. Elle était invraisemblable. Il y avait de quoi écrire un livre et encore, on l'accuserait d'exagérations.

Pincée, elle rétorqua :

– Vous êtes à la limite du blasphème, inspecteur Belfand.

– Oh, tant que c'est à la limite... Et puis voyez-vous ma douce Ariane, à force de me mêler à des vies qui sont à elles seules des blasphèmes, je dois vous avouer que je me bats l'œil de l'absence médiatique de ce pauvre saint Basile.

– Très bien!

Elle boudait en touillant son café. Il recouvrit la main qui maltraitait la petite cuillère de sa paume.

– Ariane?

Elle leva le regard et lui sourit.

– Ça y est, je ne boude plus!

Mais elle retira sa main.

11

Le hurlement strident du téléphone lui perfora les tympans. Un coup d'œil vaseux à sa montre le renseigna immédiatement : il était quatre heures du matin, donc c'était Ariane. Même Charrare était capable d'un peu d'humanité et laissait dormir ses hommes jusqu'à cinq heures.

– Vous ne dormez jamais, Ariane?

– Oh, vous savez que c'était moi. Si ça se trouve vous êtes un peu médium, vous aussi.

– Non. Mais je connais l'identité de l'emmerdeuse sans gêne qui n'hésite pas à tirer les gens de leur sommeil.

– Vous avez un côté terriblement conventionnel, vous savez? Si vous passez votre vie à dormir, on n'arrivera jamais à rien. Parce qu'en plus votre sommeil est vide, il ne vous sert qu'à dormir. Tandis que moi, j'ai appris des choses. Nous partons demain pour Chartres. Vous êtes libre au moins?

– Ça ferait une différence?

Elle roucoula :

– Pas vraiment, non.

– Et pourquoi Chartres?

– J'ai rêvé que quelqu'un avait déposé le manteau de Karin au milieu d'un labyrinthe et nous

nous dirigions au son des cloches, en suivant un grand chien jaune.

– Attendez, je ne vous suis plus.

– Mais enfin, c'est pourtant évident. Les cloches, c'est quoi ? Un mariage, les matines, bref une église. Quant au labyrinthe c'est celui de la cathédrale de Chartres, ça crève les yeux.

– Sans blague !

– Enfin, vous ne saviez pas qu'il y avait un labyrinthe gravé au milieu de la nef de la cathédrale de Chartres ? C'est magnifique, d'ailleurs. Vous savez quand même que Chartres peut à juste titre s'enorgueillir de posséder une des plus belles cathédrales de France, non ?

– Ben évidemment !

– Chouette ! Ça fait toujours cela de moins. Bien, à quelle heure passez-vous me prendre ? Pas avant onze heures, j'ai trois patients, ce matin.

– On n'est pas encore ce matin.

– Vous manquez un peu de tonus, non ? Il faut manger équilibré, Jacques, c'est très important, surtout lorsqu'on s'occupe d'un petit garçon en pleine croissance.

Il raccrocha avant de devenir grossier.

En dépit d'une très courte nuit, Jacques était d'excellente humeur. La chose était si exceptionnelle que Simon s'était inquiété de sa santé au petit déjeuner. Il s'était enfin décidé à prendre rendez-vous avec Charrare pour lui conter une version édulcorée de ses découvertes sur la clinique du Val au Gouffre et l'avertir de ses, pardon, de leurs, progrès dans l'affaire Karin Morin. Il se préparait à monter dans le bureau du commissaire divisionnaire lorsque le téléphone sonna.

– Belfand, c'est Poincart, de l'institut médico-légal.

– Oui, qu'est-ce qui se passe ?

Ils ne communiquaient en général que par rapports d'autopsie interposés et que Poincart, qui le méprisait vaguement, comme tous les autres flics d'ailleurs, l'appelât constituait en soi une surprise.

– J'ai eu le bonheur et le privilège de dîner avec Mlle Saint Tolber, euh, Ariane, il y a deux jours. Elle m'a demandé de façon pressante un renseignement, et je n'arrive pas à la joindre chez elle.

Quoi ? Poincart draguait Ariane, ce vieux libidineux... Enfin vieux, ils avaient à peu près le même âge, quant à être libidineux... Et elle, perfide et menteuse comme toutes les femelles, l'avait décrit comme un « ami ». Oh ! quelle déception, quelle trahison ! On ne peut jamais leur faire confiance. Il allait lui faire avaler sa bonbonne de formol, à ce Casanova des chambres froides. Bon, on se calme. D'un ton sirupeux, il demanda :

– Donc, vous dinâtes avec Mlle Saint Tolber. C'est une femme étonnante, n'est-ce pas ?

Et il allait l'étrangler de ses propres mains.

– Ah ça mon cher, le mot est faible : c'est un enchantement. Quelle finesse, quelle intelligence, quelle culture. Et une élégance. En plus, elle est ravissante.

– Oui, bon. Je ne suis pas en mesure de vous accorder sa main.

– Ah tiens, vous aussi, vous la trouvez très sympathique ? Enfin, bref ! Nous avons parlé de Morienges et de Clarisse. Je me souviens très bien du premier, nous sommes du même CHU, même s'il est un peu plus jeune que moi. J'étais en spécialisation lorsqu'il rentrait en internat. C'était un type brillant. Il aurait pu faire une sacrée carrière hospitalière, mais c'est évidemment beaucoup moins lucratif que sa clinique. Si je me souviens tellement bien de lui, c'est qu'il a frôlé la radiation il y a quelques années. Il y avait eu des plaintes, je ne sais pas très bien pourquoi, l'Ordre est très discret. Morienges a eu l'intelligence de se faire oublier quelques années. Il est parti aux Etats-Unis. Il a épousé une Américaine dont la confortable dot lui a permis de monter sa clinique. Quant à Clarisse, son nom n'évoquait qu'un vague souvenir. J'ai un ami gastro-entérologue à l'hôpital de Valence. Je l'ai donc appelé. Edmond-Bernard Clarisse a été radié à vie de l'Ordre des Médecins, ça prouve qu'il avait vraiment fait une grosse bêtise. Sa clinique a été liquidée il y a cinq ou six ans. On pense qu'il est parti en Espagne. Mais là où ça devient très intéressant, c'est que sa sœur était la première femme de Morienges. Voilà, pourrez-vous transmettre ces informations à Ariane, ainsi que mes hommages.

Les informations, passe encore, mais les hommages, il pouvait se les garder. Non, mais quelle façon il avait de dire « Ariane » avec un roucoulement débile ! Il ne pouvait pas l'appeler Mlle Saint Tolber comme tout le monde, sauf Jacques !

Mais c'était quand même un bel os à ronger. C'est pourquoi il fut à peu près courtois avec Poincart. Et puis, elle essayait de le doubler, en plus, cette greluche. Il est vrai que le galbe de ses jambes à lui n'aurait probablement pas autant impressionné le médecin. Mais elle aurait pu lui dire. Elle ne pouvait quand même pas avoir un béguin pour le légiste ? Ah non, parce que là, il était quand même mieux que lui.

Son entrevue avec Charrare le rebrancha sur le programme « excellente humeur ». Bien qu'il se contentât de « tiens ! » et parfois de « tiens-tiens ! »,

Jacques comprit que le commissaire divisionnaire avait flairé la bonne affaire. Il se retenait à grand-peine de saliver comme un boxer devant une boîte de chocolats.

– Et vous croyez que les deux affaires sont liées ?

– Je ne sais pas. Peut-être.

– Et qu'en pense Mlle Saint Tolber ?

– Ben, je crois qu'elle est convaincue qu'il y a un lien. Enfin, du moins, dans ses... visions, y en a-t-il un.

– C'est une femme remarquable, n'est-ce pas ?

Mais qu'est-ce qu'ils avaient tous ? Elle leur faisait boire des philtres ou quoi ?

– Oui.

– C'est peu compromettant comme réponse.

– Elle est un peu caractérielle.

– Mais Belfand, tous les gens brillants le sont, même s'ils le cachent. Et si j'en juge par votre réputation, je n'ai pas l'impression que vous soyez un cadeau, non plus. C'est bien, Belfand. Poursuivez dans ce sens. Je crois que grâce à elle, vous tenez enfin le bon bout. Ce sera tout, Belfand.

Et il se replongea dans ses dossiers. Grâce à elle, grâce à elle, on se calme. Et lui, alors ? Jacques sortit mais il eut le temps d'intercepter le regard de Charrare. Ses paupières s'abaissaient lentement sur ses iris bleu pâle, comme lorsqu'il revenait d'un excellent gueuleton.

Jacques passa prendre une Ariane plus pimpante encore qu'à l'accoutumée. D'un ton pincé, il lui conta son entrevue avec Charrare et lui transmit les renseignements de Poincart. Ils s'engageaient sur l'autoroute lorsqu'elle lui tira le bras, manquant les faire percuter par un semi-remorque qui les suivait.

– Vous êtes malade ou quoi ?

– Mais enfin, prenez la nationale, Jacques.

– Ça aurait été trop facile de prévenir avant?

– Un peu de bon sens, Jacques, comment voulez-vous que je sente, moi, sur une autoroute?

Jacques, en désaccord avec toutes les règles du code de la route, fit demi-tour au beau milieu de la bretelle, ce qui outre des palpitations lui valut la considération anonyme du chauffeur du semi-remorque qui, en dépit d'une longue habitude des infractions mineures, n'aurait jamais osé tenter ce coup-là.

Au bout de quelques minutes de silence, Ariane s'enquit :

– Vous me faites la tête ou quoi?

– ...

– Ah si, vous me faites la tête. Et je peux savoir pourquoi?

– C'est sympa de me torpiller dans le dos.

– Je vous demande pardon?

– Je sais ce que je veux dire.

– Petit veinard. Moi pas.

– Vous êtes allée faire du gringue à Poincart pour lui soutirer des informations sans me prévenir.

– Alors d'une part, qui je fréquente me regarde, d'autre part je n'ai pas « fait du gringue », comme vous dites si élégamment, à ce charmant docteur Poincart, qui lui est un homme bien élevé, et on ne peut pas en dire autant de tout le monde et enfin, vous êtes gonflé!

– Ah ouais?

– Parfaitement!

– Et pourquoi?

– Parce que, qui attend que j'aie le dos tourné pour aller s'amuser comme un petit fou la nuit dans la clinique, pendant que moi je me tape l'obscur boulot, que dis-je, le sale boulot? Et dire qu'il a fallu que je pleure pendant une demi-heure dans les bras de ce cher Morienges, que j'avais les yeux tout gonflés, tellement gonflés qu'Emma a dû me faire des compresses de tilleul. Seulement, évidemment, dès que ça devient un peu gratifiant et amusant, on me laisse à la maison.

– Vous êtes folle! J'aurais pu me faire mettre en pièces par des chiens...

– Mais vous commencez à me fatiguer avec cette histoire : il n'y avait pas de chiens. Du reste, j'aurais pu vous le dire.

Et ils boudèrent chacun de leur côté jusqu'à Rambouillet.

– Bien, Jacques, calmez-vous immédiatement. Vous m'envoyez des ondes très négatives et ça brouille les impulsions.

Rigolote! Elle n'arrêtait pas de l'asticoter et quand il prenait vraiment, et en toute logique, la mouche, ça défrisait les antennes de Madame!

– Continuez vers le sud, Jacques.

– Vous sentez quelque chose?

– Non, c'est très vague.

Ils poursuivirent leur route pendant quelques kilomètres et, à la sortie d'Epernon, Jacques prit la route de Chartres. La longue flèche verte de la cathédrale était visible de loin, comme lorsqu'elle guidait les pèlerins venus du nord.

– Ça vient?

– ...

– Ariane, ça va?

Elle avait la bouche ouverte et le torse légèrement incliné vers le pare-brise.

– Là, par là.

Son index indiquait le sud-ouest. Jacques obtempéra.

– Je sais, ma bonne Luce, que vous regretterez

toujours de n'avoir jamais visité la cathédrale. Nous irons après, voulez-vous?

Ils traversèrent Marchéville.

– C'est là?

– Non, pas tout à fait mais c'est dans le coin. Je la sens.

– Qui?

– Mais enfin, Karin, voyons, pas la princesse Diana!

– Elle est vivante?

– C'est pas vrai que vous en doutiez encore. Alors vous m'avez monté un bateau, vous ne m'avez jamais vraiment cru?

– Ne vous énervez pas, Ariane...

– Mais si je m'énerve... Prenez à droite!

– Vers Nonvilliers?

– Mais je n'en sais rien, moi. A droite, c'est tout!

Au bout d'un kilomètre, elle siffla :

– Arrêtez-vous. Ce n'est plus la peine, vous m'avez fait perdre la trace. Ah! vraiment, je vous assure, c'est une vraie partie de plaisir de travailler avec vous!

– Parce que c'est de ma faute, bien sûr?

– Mais absolument! Vous m'avez exaspérée et déconcentrée. Bref, vous avez saboté mon lien.

– Ecoutez, je suis navré...

– Taratata, vous n'êtes pas navré, vous êtes un perfide qui me fait perdre mon temps avec ses doutes et son scepticisme de pacotille. Vous êtes un frileux et un trouillard. Emmenez-moi à Chartres, j'ai promis à Luce. Je rentrerai par le train.

12

Evidemment, il aurait pu exiger de voir les registres du personnel pour découvrir qui était cette femme qu'il avait reconnue à la clinique. C'était à la portée de n'importe quel flic ! Mais il ne tenait pas à alerter d'éventuels complices des ravisseurs de Karin. Ariane allait encore l'accuser de lui laisser le boulot ingrat et de s'amuser comme un petit fou dès qu'elle avait le dos tourné. Cette fille manquait vraiment de sens commun ! Comme si c'était marrant de se mettre les mains en sang en tentant d'escalader un mur alors qu'on affichait dix kilos de trop, comme si la hargne des gens qui a priori détestent et se méfient des flics était d'une rencontre plaisante ! Jacques était sûr qu'elle s'imaginait comme la tendre moitié d'un de ses couples d'opérette, redresseurs de tort et justiciers de pochette-surprise qui font les délices des heures fourre-tout de la programmation télévisuelle. Mais il avait besoin de sa présence comme d'un clou à la fesse.

Il gara la 205 banalisée non loin du portail de la clinique. Il était quatre heures et demie. Il connaissait cette femme, mais d'où ? Cette brune trapue qui l'avait démasqué lorsque Ariane et lui avaient fait leur grand show de couple désespéré à Morienges. C'était elle qui avait prévenu les tueurs à la Cherokee, il en était convaincu. Avec son sens de l'organisation habituel, il n'avait rien emmené pour tromper l'attente : ni polar, ni même une des innombrables notes de service dont il était quotidiennement inondé. Non pas qu'il regrettât de ne pas les lire, mais c'était parfois de vrais petits morceaux de bravoure linguistique et c'était si peu passionnant qu'il ne risquait pas de rater la sortie de la femme.

Une heure s'écoula pendant laquelle il pensa à Ariane et puis aussi à Ariane. Allait-elle s'entendre avec Simon, parce que là, il ne transigeait pas... Mais pourquoi pensait-il à cela? Il fallait porter l'estocade. C'est pas sain, ce genre d'entre-deux. Il allait l'inviter, voilà! Petite soirée romantique autour d'un excellent gueuleton, on se relâche, on se détend. On boit un peu, les angoisses se dissolvent. On rentre, on rit et puis on... Et le lendemain matin, tout va beaucoup mieux et on reste bons amis. Curieusement, au fur et à mesure qu'il le décrivait, le plan cent fois expérimenté ne convenait plus parfaitement. Ariane sortait du rang, c'était une variable qui ne cessait de varier. Son humeur commençait à sombrer lorsque la femme brune sortit de la clinique en pleine conversation avec la perruche hôtesse d'accueil. Il les vit, de loin, monter dans une Supercinq rouge. La perruche conduisait. La 205 démarra à leur suite et les suivit paresseusement. Pas la peine de se faire remarquer, la voiture se voyait de loin.

Porte Maillot, et après pas mal d'erreurs de conduite dont l'issue avait été anormalement heureuse si l'on considère que la conductrice n'avait que très occasionnellement regardé la route tant sa conversation avec sa passagère exigeait son attention, la Supercinq se gara en double file et la brune en descendit. Jacques abandonna son véhicule au petit bonheur la chance et lui emboîta le pas en maintenant une distance d'une vingtaine de mètres entre eux. Soudain la femme se retourna. Sous le coup de la surprise il n'eut même pas le réflexe de se tourner ou de se baisser. La femme fit de grands coucous en direction de la voiture auxquels la conductrice répondit comme si elles ne devaient jamais se revoir, puis reprit son chemin : elle n'avait pas reconnu Jacques. La femme entra dans le métro et s'installa, l'air revêche, sur un strapontin. Mais tout le monde a l'air revêche dans le métro. Au Châtelet, elle s'engagea dans la direction porte d'Orléans. Il savait déjà qu'elle descendrait à Montparnasse, qu'elle s'enfilerait le trottoir roulant, qu'elle prendrait le train de Chartres. Il la suivit : gagné! Ariane avait raison, mais cela aussi il le savait, même si ses moyens de connaissance lui collaient toujours la trouille. Les deux affaires étaient liées, comment, c'était à découvrir; la gamine était planquée quelque part au sud de Chartres et cette femme était probablement l'une des ravisseuses. Mais où l'avait-il déjà vue? Il la suivit. C'était la chance qu'il attendait pour retrouver Karin. La femme s'installa au fond du wagon. Il n'avait pas de billet, tant pis. Il s'assit à quelques sièges d'elle et s'absorba dans la contemplation des rails parce que la fenêtre lui renvoyait le reflet des mouvements de la femme. Le train démarra.

A Versailles-Chantiers, premier arrêt, la femme se leva et se dirigea vers la porte. Mais qu'est-ce qu'elle foutait? Chartres, c'était le terminus. Elle descendit, portée par le flot anonyme et fatigué. Jacques, désorienté, la suivit. Pourquoi s'arrêtait-elle à Versailles? Logiquement elle aurait dû poursuivre jusqu'à Chartres, où une voiture l'aurait attendue. Il aurait dû dire à Ariane de venir, elle aurait su quoi faire. La femme monta l'escalier et sortit de la gare. Elle se dirigea lentement vers la rue des Chantiers, tourna à gauche puis sembla hésiter et resta là. Elle retira l'une de ses chaussures et la secoua. Ce n'est que lorsqu'elle reprit sa marche d'un pas plus pressé que Jacques remarqua qu'elle boitillait légèrement. Elle entra dans une boulangerie et en ressortit, une baguette de pain coincée sous le bras. Mais qu'est-ce que c'était ce truc? Elle n'était pas de Versailles, quand même. Elle ne pouvait pas lui faire ce coup-là. Enfin, quoi! Il fallait qu'elle habite la région de Chartres, il ne s'était pas planté à ce point-là? Il faillit la percuter lorsqu'elle pila brusquement pour revérifier l'intérieur de sa chaussure. Un taxi passait, qu'elle héla. Jacques la vit s'engouffrer dedans sans entendre l'adresse qu'elle donnait au chauffeur. Ah merde, c'est pas vrai. Donc, cette femme n'avait rien à voir avec Karin Morin. Et pourtant, il aurait juré qu'il l'avait déjà entraperçue avant leur visite à la clinique. Oh non, pas ça! Elle ne pouvait pas l'avoir mené en bateau comme ça! Ça demandait un sang-froid incroyable. Mais alors, en ce cas, quel abruti il faisait! Si ça se trouve, il venait de se faire posséder comme un débutant. Elle le promenait peut-être depuis la porte Maillot et elle lui avait fait le coup de « j'ai très bobo à mon pied » pour s'engouffrer dans un taxi et le semer, sans qu'il réagisse. Si tel était le cas, elle allait se méfier et avertir ses petits copains de la clinique que les flics étaient sur leurs traces et, à moins de charger dans le tas, il n'arriverait plus à les coincer. Mais foncer, c'était mettre la vie de Karin en péril. L'étrange attitude de la mère de Karin s'expliquait : ils avaient dû la contacter, exiger une rançon et menacer de faire du mal à l'enfant si elle parlait, bref le coup classique. C'est pour cette raison qu'Ariane avait ressenti la hargne de Mme Morin. C'étaient les flics et leur possible maladresse qui devenaient le danger. Elle voulait qu'on lui rende sa fille et la justice ou les lois, elle n'en avait rien à secouer, et Jacques la comprenait. Bon, il faudrait jouer serré. S'il persistait dans le rôle du flic abruti qui commençait à lui aller comme un gant, il pouvait encore redresser la situation. Son manque absolu de perspicacité avait sûrement tranquillisé la femme. Elle devait être maintenant convaincue qu'elle était parvenue à le berner, et à juste raison, d'ailleurs. Il y avait donc une excellente possibilité qu'elle ne déménage pas la gamine et cela, c'était essentiel, sans quoi il pouvait se passer des mois avant qu'ils ne retrouvent sa piste.

Oui, mais s'il déraillait complètement et que cette femme soit innocente comme l'agneau qui vient de naître?

Il rentra chez lui, pas vraiment satisfait de ses exploits, et appela Ariane. Elle l'écouta sans rien dire et eut l'infinie délicatesse de ne pas commenter sa bévue.

– Je ne sais plus quoi faire. Je pourrais la faire convoquer par le juge d'instruction et essayer de la paniquer. D'un autre côté, si elle n'a rien à voir avec l'affaire, la presse va faire ses choux gras de « encore une bavure policière, une pauvre femme malmenée, ma bonne dame... », bref on va en prendre plein la gueule. Si c'est une des ravisseuses, je me dis que mon inertie va peut-être la rassurer et qu'elle se tiendra tranquille. On ne sait jamais, avec les petits truands occasionnels, ils paniquent vite, et lorsqu'ils perdent les pédales ça tourne rapidement au carnage!

– Oui. Vous avez sans doute raison. C'est bizarre, Jacques, mais dans l'ensemble, j'ai le sentiment que quelque chose ne cadre pas dans cette histoire.

– Ecoutez, Ariane, c'est mon métier, quand même. C'est relativement classique, vous savez !

– Oui, oui, bien sûr...

– Mais ?

– Votre hypothèse de base, c'est que Karin a été enlevée et qu'elle est séquestrée quelque part, même si nous ne savons pas par qui. Ça sous-entend que Karin soit menacée, donc qu'elle ait peur. Je n'ai pas du tout senti sa peur, lorsque nous étions sur le point de la retrouver. Elle avait même plutôt l'air sereine.

– Mais c'est une gosse, voyons. Pour peu que les ravisseurs soient gentils avec elle, lui fassent des petits cadeaux et lui racontent des histoires, elle ne se rend pas compte de la situation.

– Ne prenez pas les enfants pour des imbéciles, Jacques, vous pourriez avoir des surprises. Une petite fille qu'on enlève à sa mère, qu'on pousse dans une voiture et qu'on coince dans une maison qu'elle ne connaît pas finit par se poser des questions.

– Et alors, grosse maligne, votre hypothèse, c'est quoi ?

– Alors, mon petit Jacques, si vous le prenez sur ce ton, bonsoir !

Sur quoi elle raccrocha sèchement.

Comment se faisait-il qu'ils ne puissent avoir une conversation normale ? Qui des deux était l'emmerdeur ? Jacques, fort de ses connaissances innées sur la gente féminine, décida que c'était elle... D'un autre côté, il avait lu quelque part que les couples qui s'engueulent en permanence divorcent statistiquement beaucoup moins souvent que les mariages placides. Non, on se calme ! qui avait dit couple, qui abordait l'effarante notion du mariage ? De toute façon, même en admettant qu'il commette la stupidité de considérer cette possibilité ne serait-ce que comme un cas d'école intellectuellement distrayant, il vaudrait peut-être mieux qu'il avertisse Ariane un peu avant, juste pour voir comment elle réagirait. L'étape suivante était donc toute tracée, il allait lui faire le plan du restaurant. D'abord téléphoner à Gaston et à Colette.

13

Gros Léon était chagrin. Lui qui se faisait toujours une fête de ces week-ends parce qu'il les passait avec Simon, commençait à trouver que la situation relevait de la pure escroquerie. La journée avait très mal débuté et, comme elle allait, il était improbable qu'elle s'arrangeât... Du moins tant que Jacques serait là. Pourtant Gros Léon était fameux pour son flegme, bien qu'en réalité il fût fataliste de nature. Deux abandons successifs n'avaient pas arrangé cette tournure d'esprit. Lorsque Simon l'avait découvert, tassé sous une voiture, affamé et se remettant péniblement des coups de pied qui avaient plu sur son dos, Léon avait résisté. Du reste, il n'avait consenti à accorder son amour, maintenant dévastateur, qu'après de longues semaines de préliminaires, de flatteries et de caresses. Les humains, à l'exception de Simon et de Jacques, avaient été une grosse déception! Il est vrai qu'il avait la fâcheuse habitude de marquer sa désapprobation par des petits pipis rageurs sur le tapis ou le grille-pain, mais il n'y avait là, à son sens, pas de quoi fouetter un chat. Or donc, ces deux jours bénis de fin de semaine, comme on dit à la télé lorsqu'on se pique de défendre la pureté de la langue française, et ceci en dépit de fautes de grammaire laxatives et d'abus d'usages émétiques, donc, disions-nous, ces deux jours chômés-payés qui font suite aux cinq autres jours qui constituent une semaine, étaient traditionnellement consacrés à moult câlins et papouilles. Léon, comme beaucoup d'autres, n'avait pas compris qu'on ne rattrape jamais l'amour perdu. Il passait quarante-huit heures d'un bonheur presque insoutenable collé à Simon à goûter tout ce que celui-ci lui offrait, bien qu'il ne fût pas convaincu que les flocons d'avoine ou le maïs en grains convinssent idéalement à la physiologie digestive d'un carnivore. Et Jacques était en train de lui polluer sa béatitude! Bien qu'il s'en défendît, Gros Léon sentait la mauvaise humeur l'envahir.

Jacques comprit enfin qu'il avait intérêt à se calmer, d'autant que Simon le regardait en gloussant niaisement et qu'il murmurait des commentaires, sans doute goguenards, à l'oreille de Gros Léon. De plus, il était à peine seize heures et il était déjà douché, rasé, pomponné. Ils n'avaient rendez-vous qu'à dix-neuf heures! Il décida de n'enfiler sa belle chemise bleu pâle, achetée la veille, qu'au dernier moment. Nerveux comme il était, il risquait de la brûler avec un mégot ou de renverser un truc dessus. En plus, il transpirait : moche, ça, les auréoles sous les aisselles. Ouais, il ferait bien mieux de reprendre une douche avant de partir. Un gloussement un peu moins subtil de Simon l'interrompit au moment où il abordait l'épineuse question de l'after-shave : y'a des femmes qui aiment bien, par contre d'autres...

– Tu te trouves drôle?

– Euh, non, p'pa!

– Alors pourquoi tu ricanes?

– Je me dis que ça ne s'arrange pas avec l'âge, c'est tout! Tu sais, ta tirade sur : « Ne t'inquiète pas, un des privilèges de la maturité, c'est l'humour, le recul. Les choses se tassent d'elles-mêmes et blabla... » Tu vois ce que je veux dire?

Qu'il était agaçant, ce môme!

– On parle en général, quoi, zut! C'est un concept, alors, fatalement, il y a toujours des exceptions qui dérogent à la règle. Fondamentalement, c'est vrai, mais il y a les à-côtés.

– Et Ariane c'est un à-côté?

– Non... C'est une exception.

– Ouais, c'est vrai!

– Ah? Tu trouves aussi?

– Ouais!

– Bon, je vais peut-être téléphoner à Gaston, voir si tout va bien.

– Tu l'as déjà appelé deux fois dans la semaine : il va craquer le bonhomme Gaston.

– Ecoute, Gaston me doit une fière chandelle, d'accord? Sans moi, avec cette histoire de came qui se dealait chez lui, il fermait son restau et il plongeait pour un bon bout de temps.

– Je sais. Tu m'as déjà expliqué.

– Bon, eh bien alors? Je ne lui demande pas de m'offrir le repas. Je veux juste que tout soit parfait. J'ai le droit, merde, quoi?

– Ouais, ouais, ne t'énerve pas...

– Gaston? C'est Belfand... Ben... J'appelais pour ce soir...

– Mais je t'ai dit que ça roulait, Jacques! On va te la mettre aux petits oignons, ta souris.

– On ne dit plus souris. Il paraît que ça fait macho-ringard.

– Ah bon? Bergère, alors?

– Ouais, c'est plus joli, une bergère.

– Je t'ai fait mon mieux, Jacques, le « best »,

quoi. Fallait pas que ça fasse emprunté et trop préparé. Valait mieux le style « on a fait ça en vitesse, c'est pas un guet-apens, quoi ». Une pièce de bœuf, mais alors, attention, pas n'importe quoi, en papillotes, avec des lamelles de moelle et de truffe. Léger comme un pet d'ange, ça vous rend la foi, des merveilles comme ça! Alors, avec un petit saumur champigny, à peine frais, tu vois? Les femmes adorent, en général : c'est léger mais ça se tient. Le reste, c'est la surprise de la maison. On va te la chouchouter, ta gonzesse!

– Justement, aussi, Gaston... Euh... Le prends pas mal, mais je voulais te dire, c'est pas Simone, quoi! Ariane est plus... Enfin, réservée, si on veut.

Un énorme éclat de rire retentit à l'autre bout de la ligne.

– Bon, j'ai compris. Je lui moule pas sa tarte fine aux fruits de saison en forme de service trois pièces, c'est ça?

– Ouais.

– Eh dis donc, Belfand? Tu serais pas bien mordu, des fois?

– Euh, l'autre! Qu'est-ce que tu vas imaginer?

– J'sais pas. C'est Colette.

Et Gaston, au silence de Jacques, comprit que oui, il était mordu. Il en conçut un peu de chagrin pour Simone. Ils aimaient bien Simone. C'était une fille bien et une rigolote et puis, elle allait avoir rudement de la peine parce qu'elle était amoureuse de Jacques, même si ce gros ballot avait toujours fait exprès de ne pas s'en apercevoir. Pourvu qu'il ne leur ramène pas une pimbêche coincée!

L'après-midi se traîna. Jacques entreprit de lire un bon polar, puis d'ingurgiter une trentième resucée des rues de San-Francisco, puis de classer ses revues de cinéma, en vain. Pourtant, d'habitude, ce genre de choses le distrayait. A dix-huit heures, il était redouché, rerasé, repomponné, habillé et il piaffait. Simon commençait à s'énerver et Gros-Léon poussait d'amers soupirs, songeant qu'on ne l'avait pas habitué à des comportements aussi excessifs.

– Bon, j'y vais.

– Tu en as à peine pour un quart d'heure, tu sais?

– Je ferai de l'essence. De toute façon, j'ai des petits trucs à faire.

– Ouais... Tu rentres cette... Ce soir?

– Euh... Oui, sûrement.

– Euh... Seul?

– Et si tu te mêlais de ce qui te regarde, d'accord?

– Oh là là... C'était juste pour savoir si je devais m'inquiéter, c'est tout!

– Je suis désolé, Simon. Je ne sais pas. Ça va dépendre de...

– Oui, d'accord.

Ils se regardèrent, et Simon lui sourit avec cette tendresse dont Jacques avait cru qu'il l'avait oubliée, en vrac avec d'autres choses de l'enfance. Mais non. Le sourire et ce regard bleu nuit qui ressemblait à un baiser étaient revenus... Lorsqu'Ariane était entrée dans leurs vies. Oh là! Il était en train de se faire piéger. Mieux : il avançait béatement les poignets pour qu'elle lui passe les menottes et il adorait cela. Pire, si ça se trouve, elle n'avait aucune envie de les lui passer. Et qu'est-ce qu'il allait faire, lui, avec ses poignets offerts?

En dépit de multiples tours et détours, il parvint chez elle avec dix minutes d'avance. Cette fois, c'était décidé, il monterait chez elle! Courage, Belfand, haut les cœurs! Emma le reçut avec une lueur étrange au coin du regard qui le mit encore plus mal à l'aise. Elle ne ressemblait absolument pas au portrait qu'il s'en était fait. C'était une toute petite femme, aux gentils petits cheveux gris frisottés. Toutefois, elle avait indubitablement ce grain d'insolence dans le regard qui vous fait passer l'envie de jouer les mariolles.

– Je vous offre un porto, Jacques?

– Euh, non merci. Je vais attendre Ariane.

– Ça me semble préférable si vous comptez sortir ensemble.

Il chercha désespérément une repartie drôle, mais ne sut que la fixer avec le regard confus d'un veau qui s'est trompé de mère.

Ariane parut enfin. Qu'en penser? Elle était éblouissante, ravissante, époustouflante. Avec un à-propos et une finesse qui le surprirent lui-même, il opta pour :

– Z'êtes chouette.

Encore s'étrangla-t-il sur le « ette ». Elle minauda avec aisance.

– Vraiment Jâââcques? Vous trouvez? Je vous plais?

Ce qui acheva de le décontenancer. Tout ce qu'il savait, c'est que s'ils ne partaient pas au plus tôt, il allait se jeter sur elle et lui mettre les mains partout. Outre que cela ferait sûrement désordre dans le salon, il risquait de froisser son tailleur en soie noire, et ça, c'eût été dommage. La jupe était si parfaitement ajustée sur ses hanches qu'il se demanda, dans un moment de confusion mentale, quel genre de lingerie était assez discret pour supporter une superposition si révélatrice, et même si elle en portait... Du calme. Quant à la veste, ah, la veste! Elle se terminait par des basques d'un chou! Et ce décolleté, mon Dieu! Même que ça laissait deviner un soupçon de la dentelle froufroutante d'un caraco. Une ceinture bleu roi en satin serrait sa taille.

Ils descendirent et il la fit passer devant lui pour scanner toute la hauteur de ses jambes, depuis les escarpins jusque dix centimètres au-dessus du genou.

Une demi-heure plus tard, ils s'installaient dans le petit coin le plus tranquille et le plus charmant de chez « Colette et Gaston ». Le regard de golden retrivier transi d'amour de Jacques avait conforté Colette dans ses déductions; quant à Gaston, il la trouvait à croquer, la bergère. Pour le reste, il réservait son jugement. Jacques connut un moment de pure panique : et si elle les trouvait beaufs tous les trois? Peut-être aurait-il mieux fait de l'inviter dans un restaurant branché, mais il ne s'y sentait pas à l'aise. Ben, si elle les trouvait beaufs, c'est qu'elle n'avait pas la classe qu'il lui prêtait. Sous leurs dehors rabelaisiens et truculents, ces gens-là cachaient un cœur et une tolérance que pas mal de pseudo-intellectuels anorexiques pouvaient leur envier.

Gaston leur offrit l'apéritif. Il aurait bien aimé le prendre avec eux, histoire de papoter un peu, mais Colette lui enfonçait posément le talon de sa chaussure dans le gros orteil. Il avait enfin compris la leçon : sous peine de scène de ménage, il ne devait jamais s'exclamer dans ces moments-là « Ben, pourquoi tu m'écrases le pied? »

Ariane susurra, très seizième :

– Oh, je suis désolée, Gaston. C'est tellement gentil, mais je ne bois jamais d'alcool. Un jus d'orange fera très bien l'affaire.

Si elle croyait le rassurer avec ses agrumes, elle se trompait. Effondré, Gaston imaginait sa sublime pièce de bœuf, son bébé, arrosé de jus de fruits ou, pur cauchemar, de Coca-Cola. Ah, ça, il ne pourrait pas le supporter, au risque de se fâcher avec Jacques.

– Mais je vous ai réservé mon meilleur saumur champigny, rien que pour vous Ariane, quand même...

Ariane, consciente que le désespoir de Gaston risquait de gâcher la soirée, temporisa :

– Bon, juste un tout petit verre, alors!

Gaston, un peu calmé, s'en fut vers les cuisines pour y vivre paisiblement son stress. Il était convaincu que Jacques ne tolérerait aucune bavure. Cette certitude lui donnait des vapeurs, car outre qu'il se sentait redevable à Jacques d'avoir sauvé la peau de ses fesses en permettant de prouver qu'il avait toujours ignoré que la bande de ses trois meilleurs clients se servait de son restaurant comme d'une planque, la gratitude avait cédé la place à l'amitié et ça n'est pas du tout la même chose. Lorsqu'enfin parut l'œuvre, il respira : parfait, tout y était, comme une déclaration d'amour longuement répétée, jusqu'à cet à peine perceptible effluve de clou de girofle... Parce que les tocards qui graillent dans les restau où on débite le bœuf comme la barbe-à-papa croient sûrement que le morceau du prince c'est comme une côte en moins épais, mais en fait ça exige un artiste, un subtil, un sensuel. Bon, il était temps, les amoureux devaient avoir terminé la nage d'huîtres au safran.

Gaston déposa, avec le respect qui lui était dû, L'Œuvre au milieu de la table des tourtereaux. Jacques le regardait comme un Sauveur et Ariane battit des mains... Ça n'était que la digne ovation méritée par l'artiste. Discret, il les abandonna à leurs bêtises. En réalité, Ariane tentait de meubler le silence depuis le début avec un acharnement digne de louanges. Jacques avait, semble-t-il, opté pour le programme « économie d'écran » qui pouvait laisser croire que son vocabulaire se limitait à une trentaine de mots. Après avoir longuement commenté l'appartenance des huîtres aux mollusques lamellibranches et non pas, comme le pensent les ignares, aux crustacés, et, crut-il, émerveillé Ariane par l'étendue de ses connaissances zoologiques, il finit sur un raclement de gorge indéchiffrable. Il se serait, en réalité, volontiers collé des baffes ! A son âge, vraiment ! Il était emprunté, niais, à la fois fanfaron et nerveux, alors qu'il voulait la charmer, la faire rire... Bref, il était très malheureux ! Il sabotait cette soirée dont il savait qu'elle était cruciale, peut-être même justement à cause de cela. Avec un aplomb ou une inconscience qui ne se démentait pas, Ariane gazouillait, faisant les demandes et les réponses.

– Jâââcques ! Mais regardez ce merveilleux plat de légumes. Oh, des petits brocolis et des bébés carottes, j'adore les légumes... Et ces frites, non mais, avez-vous jamais vu frites aussi sympathiques ?

– Euh, la pièce de bœuf c'est la grande spécialité de Gaston.

– Ah ? Oh, la jolie feuille de salade.

Elle tira la laitue qui servait de coussin à la viande et la secoua entre le pouce et l'index pour la débarrasser du sang.

– Oui... Je vous sers ?

– ...

– Vous préférez vous servir ? Je crois que Gaston a décidé de nous laisser en tête à tête.

Alors ça, c'était fin. Du reste, il en rougit. Lamentable ! Ariane pâlissait, se mordant la lèvre inférieure. Jacques découpa la viande. Une perfection : elle demeurait parfaitement bleue alors que la moelle avait subtilement fondu au-dessus.

– Oh, mon Dieu.

Tout de même, ce n'était pas ce qu'il avait dit qui la mettait dans cet état !

– Ça ne va pas ?

– Bouh... Ce sang, oh, je vais vomir.

Joignant le geste à la parole, elle appliqua la main sur sa bouche.

– On peut lui demander de la cuire davantage, si vous voulez... Ariane ? Ça ne va pas ?

– Vous l'avez fait exprès ! hurla-t-elle.

– Mais quoi ?

– Le cadavre ! Cette viande morte ! Je suis végétarienne !

– Oh non, c'est pas vrai ! Oh non, vous ne pouvez pas me faire ça !

– Alors ça vous êtes gonflé ! Au lieu de vous pavaner comme le macho que vous êtes, vous auriez pu me consulter. Enfin, c'est vrai, quoi ? Ça fait combien de fois que nous mangeons ensemble ?

– Sept. C'est la septième ce soir.

Il lui en voulut terriblement parce qu'il s'en souvenait et pas elle.

– Et vous n'avez pas remarqué ? Enfin, je ne commande que du poisson, et encore ! Pour un flic, vous manquez vraiment de sens de l'observation.

Alors là, c'était sûr, il la claquait. Elle était en train de saboter SA soirée romantique et tout... Ça, jamais il ne pourrait lui pardonner ! S'exhortant au calme, il parvint toutefois à temporiser et fila vers les cuisines pour rapporter la catastrophe à Gaston, qui frôla la crise de nerfs. La panique surmontée, ils revinrent tous les deux, Gaston dorlotant un grand plat en osier entre ses bras. Un magnifique turbot y était présenté en offrande à Ariane et n'attendait que son approbation pour rejoindre les vapeurs d'un petit court-bouillon maison. Elle glapit en tapant du pied :

– Oooh, mon Dieu! Il me regarde avec ses yeux... Mais, vous êtes deux fous pervers : je ne peux quand même pas manger quelqu'un qui m'a regardé!

– Mais il est mort, Ariane!

– Justement!

Jacques perdait prise et patience. D'un ton dangereusement calme, il demanda :

– Pourquoi, vous vouliez le manger vivant?

– Très amusant!

Colette aimait beaucoup son mari. Aussi, lorsqu'elle le vit prendre une vilaine couleur gris cendre, s'inquiéta-t-elle. Elle traversa la salle et vola à son secours.

– Et que diriez-vous d'une bonne omelette aux cèpes, avec les cèpes à part, bien sûr...

Ariane boudait, et, pleurnichant, daigna répondre :

– Mouif, j'aime bien les champignons.

Un soupir de soulagement leur échappa en canon. Jacques se rassit et les deux restaurateurs foncèrent rejoindre la paix de leurs fourneaux.

– Mais qu'est-ce qu'il lui trouve, à cette nana? Elle est chiante! Bon, d'accord elle est bien roulée, mais quelle emmerdeuse!

– Justement Gaston, voyons!

Ariane vida son verre d'un coup, puis un autre pour faire bonne mesure et soigner son chagrin. Au quatrième verre de saumur, tout en elle se relâchait, même son élocution.

– Oh, c'est super-génial, c'que c'est bon, ces cèpes. J'aime beaucoup Colette et Gaston, et du reste, je vous aime aussi beaucoup, Jacques, sauf quand vous m'embêtez.

– Mais, Ariane, je ne vous...

– Tst, tst! Si, si, vous m'embêtez, des fois... Souvent des fois, d'ailleurs.

Gloussant, elle lui enfonça le nez de l'index. La suite du repas fut un enchantement : Ariane riait pour un rien, et Jacques finit presque par se trouver drôle.

Lorsqu'ils quittèrent les deux restaurateurs, il était deux heures du matin et Ariane venait d'échapper à une troisième expérimentation sur les mérites comparés du cognac sur d'autres digestifs. Gaston tentait de la convaincre, preuves à l'appui, que rien n'égalait la perle charentaise. Dire qu'elle était ivre serait un extravagant euphémisme. Jacques, quant à lui, et en dépit d'une longue pratique et d'une combinaison génétique unique qui lui permettait de métaboliser l'éthanol avant même de l'avoir ingéré, se sentait un peu approximatif. Ariane marchait devant lui, remuant frénétiquement du bassin et moulinant des bras. Elle tentait de savoir si elle avait pris du ventre et si sa ceinture pouvait toujours tourner autour de sa taille : elle ne pouvait plus. Jacques la suivait, aux anges. Il avait envie de... Bof! A quoi bon!

Désespérant de retrouver sa minuscule taille dans les secondes à venir, Ariane opta pour un pas dansé : et on plie les genoux, et on fléchit le buste et on avance les épaules en cadence, le tout rythmé par un « tuit, tuit » suraigu.

– C'est quoi que vous chantez?

– Guantanamera... ma villeuh Guantanamera... s'époumona-t-elle, Guantanamerahaha...

Un caniche, profondément assoupi à l'arrière d'une R 25 qu'ils dépassaient, se réveilla en pleine panique et hurla à la mort. En dépit de ses 2,5 grammes d'alcool dans le sang et de la certitude qu'il fanerait sûrement le ballon si on lui intimait l'ordre de souffler dedans, Jacques la reconduisit prudemment chez elle. Elle en était toujours à : « Guantanamera... ». Il arrêta la voiture devant le portail de l'hôtel particulier. Merde, déjà! Bon, qu'est-ce qu'il faisait maintenant? Il l'embrassait doucement et lui disait tout pêle-mêle et qu'elle fasse le tri ou quoi? Certes, il avait passé l'âge des attouchements adolescents à l'arrière des voitures, mais Ariane avait l'art de lui faire redécouvrir les culottes courtes et les boutons d'acné. Ariane était un cas déroutant, et plus qu'une déroute, c'était à elle seule une vraie débâcle. Il était à l'agonie, terrorisé au milieu d'une pléthore de stratégies d'approche dont aucune ne lui paraissait pouvoir convenir à la situation. Ariane regarda autour d'elle et comprit qu'elle était arrivée. Il dut détacher sa ceinture puisqu'elle semblait incapable de trouver le bouton. Se contorsionnant, elle s'assit sur les genoux de Jacques qui en oublia de respirer jusqu'à ce qu'il comprenne qu'il ne s'agissait pas d'une invite, mais qu'elle avait simplement décidé de sortir de la voiture couchée sur le dos et les deux jambes en avant. Enfin dehors et sur ses pieds, elle se pencha vers lui et, se tenant au toit, déclara théâtralement :

– C'était une chouette soirée. 'Lut.

Sur quoi ses escarpins la remorquèrent chez elle, ignorant les tangages qui menaçaient de les défaire de leur propriétaire. Emma avait eu la sage idée de ne pas verrouiller la porte principale de l'hôtel, qui se referma lentement sur Ariane... Et Jacques resta immobile... Tout l'alcool descendu, toutes les inepties dont il avait été l'auteur ce soir, toutes les jolies choses qu'il n'avait pas osé lui dire, bref, toute la tristesse du monde lui tombèrent dessus avec un impitoyable ensemble qu'il résuma sous forme d'une locution précise et parfaitement adaptée : « Putain, quel con ! »

Pendant ce temps-là, Ariane entreprenait l'ascension de l'escalier de service puisque l'ascenseur refusait obstinément d'accepter sa carte bleue pour démarrer. C'était pourtant une carte « premier ». Et puis d'abord, elle en avait assez de « Guantanamera » parce qu'elle ne connaissait que la première phrase du refrain. Elle choisit donc un des fleurons de notre beau répertoire classique et brama :

– Il était un p'tit bonhommeuh, pirouetteuh, cacahuetteuh...

Emma qui veillait au salon en brodant la petite queue du « G » se transperça le majeur avec son aiguille. N'entendant pas la clef, elle se leva pour ouvrir, sûre de découvrir Ariane et Jacques enlacés. Sa déconvenue fut de taille lorsqu'en entrouvrant la porte, elle surprit Ariane agenouillée, sa pochette de daim noir entre les dents, la mèche en goguette et le front plissé sous l'effort. Elle tenait la serrure entre le pouce et l'index de la main gauche et de l'autre visait avec la clef... jusque-là sans succès. Ariane parvint à se haler en s'aidant d'Emma et du chambranle de la porte. Avec un sourire conquérant, elle annonça :

– J'ai bu, maman !

– Oui, ma chérie, je sens. Et Jacques ?

– Lui aussi, il a bu. D'ailleurs, il est très gentil.

– Je sais, mon ange, mais où est-il ?

– Sais pas !... Qui s'était cassé le nez. On lui a raccomodéeuh, pirouetteuh, cacahuetteuh...

Ça, elle était contente de son choix : elle maîtrisait bien mieux cette chanson-là !

Emma la dragua jusqu'au milieu du salon où Ariane la rassura d'un ton noble mais brouillé :

– Inquiète-toi pas, non attends, t'inquiète donc

pas, non c'est pas ça, neuh t'inquièteuh pas, j'ai la situation bien en main, na!

Sur quoi elle s'effondra le nez en avant sur le canapé.

Jacques était à l'agonie, vraiment. Il avait espéré que peut-être elle reviendrait le chercher où qu'elle lui ferait signe de monter. En plus, il s'en voulait de l'avoir soûlée. Surtout pour n'aboutir à rien, soyons francs. Il tourna la clef de contact et démarra. Emma l'entendit et se permit un gros soupir déçu : il lui plaisait bien, ce garçon!

Les sanglots d'Ariane la tirèrent des machinations qu'elle tramait.

– Mais ma chérie, qu'est-ce qui te prend?

– Oh, je suis trop malheureuse... C'est fini maintenant, ILS ne vont plus vouloir m'adresser la parole après la façon dont je me suis conduite.

– Ça, il faut dire que tu t'y entends pour décourager un homme.

Ariane ne comprit pas exactement à quoi elle faisait référence mais sentit qu'elles n'étaient pas sur la même longueur d'onde.

– Mais non, je suis une ignoble soûlographeuh.

– Allons, ma chérie, voyons, eux aussi un jour ou l'autre ont dû prendre une cuite, surtout Archibald.

– Oh non. N'essaie pas de me consoler. C'est pas la même chose. Eux sont pardonnés et en plus Luce, la seule fois de sa vie qu'elle ait bu, c'était en faisant chabrot pour le mariage de sa nièce, alors! Je vais cuver mon chagrin.

– N'oublie pas de cuver ton alcool par la même

occasion, ma chérie. Tout ira mieux demain, tu verras.

D'une toute petite voix, Ariane demanda :

– Tu crois vraiment ?

– J'en suis sûre. Viens, je t'accompagne dans ta chambre. Tu vas faire un gros dodo.

– Mouif !

14

Une sensation étrange et pénible réveilla Ariane à six heures du matin. Elle était en nage et au bon milieu d'une migraine qui menaçait de lui faire exploser les tempes. Mais qu'avaient-ILS à parler, non à crier, tous ensemble? Le thaï médiéval répondait d'un ton suraigu à la rocaille chantante de l'anglais matiné d'écossais. Tentant de ramener un semblant d'ordre, Luce, d'un ton qu'elle espérait persuasif, les exhortait au calme et à la mesure, sans grand succès jusque-là! Ariane ferma les paupières, ce qui eut pour résultat de faire dangereusement tanguer le lit. Bouh, qu'elle se sentait mal! Son estomac se contractait péniblement et des haut-le-cœur la secouaient... Mon Dieu! les champignons! Et si une, comment ça s'appelait déjà ces horreurs sournoises, une anamite, mon amanite bulbeuse ou oronge s'était glissée dans le panier de cèpes, oh, mon Dieu! Elle allait mourir, si jeune et dans d'affreuses souffrances, car, c'est sûr, ce genre de mort, outre qu'il était irréversible, devait faire terriblement souffrir. Elle eut juste le temps de se précipiter jusqu'à la salle de bains. Ah, ça y est, les vomissements la prenaient, c'était la fin, et ce mal de crâne... Mais qu'est-ce qu'ILS voulaient à crier comme ça dans sa tête ? Ne voyaient-ILS pas qu'elle était au plus mal et rendait l'âme ? Elle s'écroula à genoux contre la baignoire et folle de terreur hurla :

– Maman... Vîîîte, je me meurs !

Emma arriva en courant et la releva, secouée de hoquets et frissonnante. Elle claquait des dents et les mauvaises suées la prenaient. Ariane pensait presque sentir qu'une vilaine couleur vert bile lui envahissait le front et d'affreuses pustules malsaines n'allaient pas manquer d'éclore à la base de son menton et de ses joues... Défigurée, en plus elle allait mourir convulsée et laide ! Bon, il fallait qu'elle reste digne. Elle ne pouvait pas partir en laissant cet affreux souvenir à sa mère. Elle renifla. Elle resterait parfaite jusqu'à la fin. Mon Dieu, qu'elle était émouvante ! Si elle n'avait pas eu tellement peur, elle se serait bien fait pleurer.

– Adieu, Maman. N'aie pas peur, je n'ai pas peur. Enfin, si un peu quand même.

– Mais ça ne va vraiment pas, ma chérie ?

Sans cœur, va ! Mais peut-être retardait-elle le moment où elle serait confrontée à l'insoutenable vérité : sa fille, encore si jeune...

– Je vais mourir, maman... Les champignons...

– Mais non, ma chérie, la gueule de bois, en toute simplicité, sobriété, allais-je dire.

Et elle pouffa.

– Tu crois ?

– Mais oui, mon ange. C'est un retour de cuite, c'est tout.

– Oh ! je vais déjà mieux.

– Oui, mais va te coucher. Je te prépare un thé.

– Et deux aspirines, non quatre. C'est marrant, c'est ma première cuite. Ça fait exactement comme les champignons vénéneux.

– Pourquoi. Tu en as déjà mangé ?

– Je me comprends.

Et très digne, elle retourna se coucher. Les trois Visiteurs continuaient leurs véhémentes explications dans sa tête et elle décida enfin d'y porter attention. Très courtoisement, elle entendit d'abord les dames, ignorant les éructations dépitées d'Archibald. Luce était comme à l'accoutumée la plus posée, Sun-Lee la plus métaphorique, et Archibald maniait également fort habilement l'image en plus réaliste, pour ne pas dire cru. Tous étaient cependant d'accord. Et ils convainquirent Ariane. Mais bien sûr, il suffisait d'additionner deux et deux. C'est curieux comme les choses les plus logiques et les plus évidentes sont souvent celles qui demandent le plus de temps à s'imposer. Tout cela à cause de Jacques et de ses idées toutes faites !

Parlons-en de Jacques, tiens ! Il l'avait bel et bien soûlée, oui ! Et elle préférait ne pas s'interroger sur ses mobiles, qui ne devaient pas relever de l'enfilage de perles. Le monstre, l'ignoble perfide, tous les mêmes. Et elle, pauvre petite brebis sans défense, n'avait été sauvée que par son innocence. Elle n'avait simplement pas vu le piège. Elle gloussa. Enfin, pas vu, pas vu... Pas exactement. Parce que la stratégie ectoplasmique et les ruses évidentes de ce pauvre petit Jacques ne faisaient vraiment pas le poids. Elle éclata de rire, ce qui lui arracha un gémissement. Cramponnée à sa tête, elle réfléchit. Il était vraiment trop mignon, Jacques. Balourd et emprunté mais si craquant. Elle le voyait venir avec ses gros sabots depuis le début, depuis bien avant qu'il ne se décide à accepter qu'elle lui plaisait terriblement. C'est du reste à ce moment-là qu'elle avait opté pour le programme : « ligne bleue des Vosges ». Mieux valait prétendre qu'elle ne voyait rien, n'entendait rien et ne comprenait rien. Elle n'aimait pas du tout les tracas et Jacques lui faisant l'effet d'une grosse complication de plus de quatre-vingt-dix kilos, elle allait se tenir à sa ligne de conduite, laquelle avait déjà fait ses preuves en maintes occasions... Quoique!

Pour l'instant, des choses bien plus importantes exigeaient ses efforts et toute son attention. S'il fallait compter sur Jacques, elle n'arriverait à rien. C'est curieux comme les hommes les plus intelligents ne semblent pas capables de se concentrer sur deux choses à la fois, enfin!

Elle but à petites gorgées le thé qu'Emma lui avait préparé, attendit en réfléchissant que les deux paires d'aspirine commencent de faire leur effet puis se leva. Un simple appel Minitel lui donna le renseignement qu'elle cherchait : l'adresse des Morin.

Une heure plus tard, elle descendait de taxi et d'un index martial frappait à la porte de l'appartement des Morin. Pourvu que M. Morin soit absent. Elle fut exaucée. Mme Morin lui ouvrit. A peine souriante sans être franchement désagréable, elle s'enquit de l'identité d'Ariane.

– Nous nous sommes déjà rencontrées, madame. Dans les locaux de la police. Il est vrai que je n'avais pas... Comment dire, cette allure. J'ai tapé, enfin, prétendu taper votre déposition.

Le visage de Mme Morin se ferma instantanément. Ses lèvres se pincèrent et elle rabattit la porte. Ariane la bloqua de sa chaussure en espérant que l'autre ne pousserait pas trop violemment le battant. Dans les films, ils ne se font jamais écraser les doigts de pied, mais Ariane ne tenait pas à vérifier la résistance de ses escarpins.

– Vous devriez m'écouter, madame Morin. Je

ne suis pas policier, mais je crois être la seule personne qui puisse vous aider, pour votre bien et celui de votre fille.

– Partez immédiatement où j'appelle à l'aide.

– Qui ça, la police?

– Non, mon mari.

– Il n'est pas là et je doute que vous l'ayez mis au courant. Je me trompe?

Claude Morin demanda d'une voix haletante :

– Mais qui êtes-vous?

– Ariane Saint Tolber. Je suis voyante. Vraiment. Je sais où se trouve Karin, et vous aussi... Si vous me faisiez entrer? A moins que vous ne préfériez que tout l'immeuble soit au courant?

Claude Morin était livide, et Ariane sentait sa terrible peur.

Elles s'installèrent au salon, Mme Morin à peine posée sur le bord d'une chaise.

– Je veux vous aider. Je crois que j'ai à peu près tout compris, même le rapport entre la clinique où vous avez accouché à Valence et le Dr Morienges, même cette petite fille qui a été examinée à la morgue, car, bien sûr, vous saviez qu'il ne s'agissait pas de Karin, mais vous avez préféré vous taire... C'est bien cela, n'est-ce pas? Si vous m'expliquiez tout, on peut encore arriver à s'en sortir à peu de mal. Après, il sera trop tard, pour tout le monde.

Et Claude Morin, parla, parla, et les larmes qu'elle tenait depuis des semaines, non, depuis des années, roulèrent de ses grands yeux ouverts, fixés sur le vase en face d'elle, jusqu'à son coude.

Sans se rendre compte de la présence d'Ariane, elle déroula le souvenir de cette vie, si longuement préparée, si chèrement payée, où tout avait basculé à cause d'une simple ampoule au pied d'une petite fille. Claude Morin, née Desfoix, avait plutôt mal commencé. Aînée d'une famille de six enfants, sa mère l'avait placée à seize ans comme apprentie-vendeuse dans un magasin de chaussures. Le patron avait promis qu'il s'occuperait bien d'elle comme d'une fille, et il envoyait une petite gratification annuelle à sa mère. A l'époque, Claude trouvait la chose acceptable. Elle était jeune et jolie. Elle débarquait de sa campagne, partagée entre la peur de se retrouver sur le trottoir et celle encore plus forte d'être renvoyée chez elle, pour le plus grand déplaisir de sa mère. Elle ne fit pas trop d'histoires quand le patron prit l'habitude de lui rendre visite en dehors des heures de travail. Elle pensait que ce genre de choses étaient sinon convenables du moins traditionnelles, et croyait que sa mère ne savait pas dans quel guêpier elle l'avait abandonnée. Deux ans s'écoulèrent. Elle grandit et comprit. Comprit qu'elle avait été vendue comme une génisse, comme plein d'autres filles surnuméraires de la campagne à cette époque, et dont les parents s'improvisaient maquignons. Comprit aussi que ce n'était pas ce vieux porc libidineux qui lui faisait la charité en l'obligeant à travailler dix heures par jour et en l'utilisant comme détente, mais elle qui se vendait mal. Comprit enfin, que le romantisme c'est charmant quand on en a les moyens.

Claude Desfoix avait donc allongé une tarte mémorable à son patron, fait écrire à sa mère une lettre qui lui expliquait désagréablement que sa vache à lait de fille rendait son tablier et elle avait plongé dans le Paris des gens comme elle, bien décidée à se battre et à s'en sortir. Sans vraiment faire le tapin, elle s'était peu à peu constitué une clientèle de messieurs qui louaient ses services et ses charmes pour quelques heures ou quelques jours. Il s'agissait pour la plupart de petits industriels ou de gros commerçants ou représentants de commerce de province qui montaient à Paris pour leurs affaires. Une fois écartés les tarés, il restait des hommes gentils, pas trop compliqués, qui cherchaient un peu de bon temps ou simplement de détente. Et Claude possédait deux atouts majeurs : elle était jolie et savait se taire. Etant inculte, elle ne participait à une conversation que lorsqu'elle était sûre de le pouvoir. Du reste, elle avait appris plein de choses avec ces hommes, au fil des années. L'un d'entre eux, un négociant en vins et charbons breton, lui avait enseigné le bonheur de lire, pour le reste elle s'était débrouillée toute seule. Elle avait rencontré Morin, à *La Coupole.* Elle connaissait maintenant suffisamment les hommes pour savoir que celui-ci était différent des autres. Sans se prétendre vierge ou farouche, elle avait largement minimisé ses connaissances « du monde ». Il était rapidement tombé amoureux : c'est si facile de harponner un homme quand on connaît les trucs! Elle avait joliment manœuvré. Il avait de l'argent, un futur et il était bon. Elle s'était ensuite laissée tomber amoureuse de lui, parce qu'elle ne craignait plus rien et que quelqu'un veillait sur elle. Après trois ans de mariage, ce qui avait été une bénédiction pendant les années d'errance, tourna au cauchemar : elle n'était toujours pas enceinte! Morin essayait de la rassurer, après tout, trois ans ce n'est rien. Mais lui ne savait pas qu'il fallait ajouter dix ans à ces trois-là. Commença la tournée des gynécologues. Le diagnostic était à chaque fois brutal et clair : elle était stérile. Son mari s'en serait probablement accommodé, mais pas elle. Elle voulait que sa vie soit une réussite complète, et elle y arriverait! Et cette réussite, pour elle, passait par un enfant. De sa vie passée, elle avait gardé quelques noms de médecins qui... pouvaient, moyennant une grosse somme d'argent, aider les femmes de sa profession dans la situation inverse. Elle avait contacté Edmond-Bernard Clarisse. Il s'était fait tirer l'oreille. On commençait, en haut lieu, à avoir des doutes sur sa conception de la déontologie, et il paniquait. Ce qui était bon dix ans plus tôt commençait à lui poser des problèmes de conscience. Claude ne se laissa ni faire ni leurrer. Elle lui rappela quelques petits détails qui bien exploités ne manqueraient pas d'apporter à l'« en haut » la certitude qui lui manquait encore concernant les activités et la rapide fortune du docteur Clarisse. Il obtempéra.

Ariane l'écoutait sans oser respirer. Ça ressemblait, dans une moindre mesure et les passes en moins, à la vie d'Emma. Claude continuait son monologue d'une voix sans timbre, comme si elle racontait l'histoire d'une vague connaissance. Son visage ne s'éclaira que lorsqu'elle raconta l'arrivée du bébé, la joie de son mari et son cœur qui fondit lorsqu'elle prit la petite fille âgée de quelques jours dans ses bras. Elle avait gagné, malgré tout et en dépit de tous! Elle avait ce qu'elle voulait et, pour la première fois, elle était heureuse.

Quelques années de lumière passèrent. Karin grandissait, le bébé devenait une adorable petite fille : SA petite fille, et c'était un émerveillement de tous les instants. Et puis cette femme avait téléphoné. C'était la gérante d'un magasin de chaussures de Chartres, dans lequel Claude avait acheté en catastrophe une paire d'espadrilles à Karin, que ses chaussures neuves blessaient. Ils venaient de visiter la cathédrale, ce lundi-là, les magasins de Pierre étant fermés. Pourquoi fallait-il que le magasin de cette femme fût le seul ouvert près de la cathédrale? Pourquoi fallait-il que Claude n'ait pas attendu Pierre, qui comme d'habitude aurait payé en liquide? Mais Karin avait chaud et son talon la faisait souffrir. Claude s'était précipitée et avait payé par chèque... Avec son nom et son adresse dessus. La femme avait fait partie du réseau de Clarisse et de Morienges, auxquels elle avait rendu des services très lucratifs pour tout le monde, et elle avait fait le rapprochement. C'est fou la vie, non. Tout peut basculer à cause d'une petite fille aimée que sa chaussure blesse. Dire que cette femme avait tenté de les retrouver pendant des années, en vain. Morin est un nom banal et elle pensait que le couple vivait dans la région de Valence. Et puis la femme était venue et elles s'étaient querellées, et Claude l'avait frappée, prête à tuer. Pierre n'était pas là, heureusement. Il aurait eu tellement de chagrin, mais il était si bon et juste qu'il aurait cédé. Pas elle!

Elle poursuivit encore puis s'arrêta, à court de mots et de larmes. Elle se passa la langue sur les lèvres et regarda Ariane, à la fois attentive et prête à mordre.

– Claude, nous en sommes encore au point où nous pouvons essayer de proposer un marché à la police. Mais il faut que cette situation cesse, sans quoi tout le monde va y laisser des plumes, Karin incluse. Il faut monnayer les informations que vous pouvez fournir.

Claude Morin tempêta, menaça, argumenta. Ariane restait calme. Elle expliqua, rassura, échafauda un plan qui préservait les intérêts de tous. Claude ne cédait pas. Elle était prête à se battre, à tuer, à n'importe quoi pour récupérer Karin, sa Karin, son bébé, bref un peu plus que sa vie. Même l'évocation d'un Pierre terriblement malheureux ne lui faisait pas lâcher ces certitudes. Ariane attaqua au point faible : l'enfant. La description de la petite fille désespérée, qui ne verrait dans l'absence de sa mère arrêtée qu'un abandon, de sa vie brisée, de Karin qui ne comprendrait pas pourquoi Claude avait failli, pourquoi elle avait trahi, eurent raison de Claude Morin. Ça n'était pas joli-joli comme procédé, mais le temps faisait défaut et c'était follement efficace.

Claude Morin, née Desfoix, s'écroula en sanglots, et céda, et Ariane s'en fut contente et victorieuse.

15

Ariane rentra chez elle, légère et primesautière. Bon, il allait falloir faire assaut de finesse pour convaincre Jacques. Mais attention, il avait tout de même oublié d'être un imbécile, et si sa grosse faiblesse pour elle en faisait une proie possible, il était quand même retors, l'animal!

D'abord en discuter avec Emma. Emma était si rusée, et encore plus sournoise qu'elle quand la bonne cause l'exigeait.

Elles papotèrent longuement, échafaudèrent, défirent, puis tombèrent d'accord. Le plan exigeait quelques sacrifices, tout à fait supportables, d'Ariane.

Puis Emma dévia de façon très nette et franchement désagréable :

– Dis-moi, Josiane...

– Ariane!

– Excuse-moi, ma chérie. Comment le trouves-tu, au juste, Jacques?

Ne voyant pas venir le coup bas, Ariane répondit en toute naïveté :

– Eh bien, je crois que c'est un excellent policier et j'ai l'impression que c'est un type bien, pourquoi?

– Non. Je voulais dire, comme possibilité amoureuse, enfin comme amant potentiel?

– Mais, enfin, maman!

– Ah! Ça fait combien de temps que tu n'es pas... Comment dire, sortie avec quelqu'un?

– Mais, je sors très souvent, enfin, j'ai plein d'amis.

– Non, je veux dire : sortie avec un monsieur particulier. Tu vois, dîner aux chandelles, ambiance romantique et tout ça quoi?

– Oh, ça?

– Oui. « Ça »!

– Eh bien, ça ne te regarde pas, na!

– Ah, ça fait si longtemps que ça!

– Ecoute, maman. Je ne crois véritablement pas que ce genre de conversation soit de mise, ni entre nous, ni en ce moment. Par ailleurs, je suis convaincue que les dons dont je bénéficie exigent un petit peu de discipline de ma part, qu'elle soit alimentaire ou... sensuelle, dirons-nous.

– Tu parles! T'as la trouille, oui.

Ariane mit fin à cette discussion, qui menaçait de devenir très gênante, en se levant et en allant dans son bureau préparer son émission radiophonique du soir.

Le lendemain, vers quinze heures, une Ariane pimpante et très élégante déboula tout sourire dans le bureau de Jacques.

– Jâââcques, mon chou, comment allez-vous?

Il se méfia.

– Euh... Bien, pourquoi? Qu'est-ce qui vous amène?

– Mais le plaisir de vous voir, bien sûr!

Alors là, elle en faisait trop pour être parfaitement honnête. N'empêche, il était rudement content de la voir. C'est bizarre comme certaines personnes ont le don de redresser d'un sourire une journée terne et la perspective d'une soirée pas vraiment exceptionnelle.

– Je me demandais si vous auriez un peu de temps à perdre, alors comme je passais par là, je suis montée.

– Vous avez vu de la lumière, c'est ça?

Elle lui adressa un gentil sourire de Bouddha. Il sentait bien qu'il se faisait manipuler, et cela depuis le début, il n'était pas idiot quand même. Mais il adorait de plus en plus qu'elle le mène par le bout du nez.

– Mais vous êtes sûrement débordé de travail et je ne voudrais pas m'immiscer...

– Sans blague? Mais immiscez-vous ma chère Ariane, immiscez-vous.

Il avait prit un air suffisamment évocateur pour qu'elle rougisse. Elle sourit néanmoins et poursuivit d'un ton suave. Il n'en fallait pas davantage à Jacques pour comprendre qu'elle était sur le sentier de la guerre, sans quoi elle l'eût insulté.

– Je me demandais si vous aviez un peu de temps libre. J'aimerais tellement faire les bouquinistes. Ça fait si longtemps que je n'en ai pas eu l'occasion. Et ce serait tellement agréable, de bader en bonne compagnie.

Bien! Donc quelque chose de vraiment important se préparait. Manque de chance, et en dépit du plaisir qu'il aurait eu à escorter Ariane si elle avait vraiment souhaité se promener avec lui, il n'était pas d'humeur aux charades.

– Et si nous en venions aux faits, Ariane.

– Pardon?

– Je vous en prie. Je commence à connaître la façon dont votre tête compliquée fonctionne. Vous voulez dire quelque chose mais vous sondez le terrain avant, c'est ça?

– Parfois, vous ne manquez pas de perspicacité, mon cher Jacques.

– Alors?

– Voilà, c'est un peu compliqué.

– Ça doit être un vrai sac de nœuds, pour mériter votre euphémisme.

– Je ne relèverai pas. Je ne suis pas d'humeur à me laisser perturber par vos enfantillages. Je suis une femme très occupée.

– Non, parce que moi, je fais des dessus-de-lit au point de croix, peut-être?

– C'est une occupation comme une autre, mon cher Jacques, et ça vous calmerait sûrement les nerfs.

– Bon, écoutez, Ariane, on ne va pas encore se disputer, hein?

– Mais ON ne se dispute pas, inspecteur Belfand, VOUS me cherchez des poux dans la tête, comme d'habitude, c'est tout!

– On fait la paix?

– On fait la paix!

– Or donc?

– Or donc, je me demandais, mais n'y voyez qu'une interrogation purement intellectuelle, pourquoi la loi punissait si sévèrement les gens qui ont recours à des circuits parallèles d'adoption?

– Et ça vous est venu comme ça?

– Mais absolument! Après tout, Jacques, ces gens sont en règle générale d'excellents parents, souvent bien plus que certains « géniteurs ». Ils ont désespérément besoin d'un enfant, est-ce un crime?

– Non en l'essence, oui aux termes de la loi.

– Donc, vous admettez que la loi est mal faite?

– Non, au contraire. Même si elle manque de subtilité la loi est bien faite. Et ce n'est pas tant les adopteurs qui sont punis que les organisateurs de réseaux.

– Mais les « organisateurs » comme vous les appelez, finalement, rendent service, certes rémunéré, à ces gens qui ne peuvent pas avoir d'enfants, non ?

– Non. Vous prenez le problème à l'envers. Il y aura toujours des malins qui sauront organiser les trafics. Ce qu'il faut comprendre, Ariane, c'est qu'un enfant, ce n'est pas de la bidoche : ça ne se vend pas, un enfant. On peut comprendre qu'une mère confie son enfant à une autre femme qu'elle juge, comment dire, plus apte à rendre l'enfant heureux. Par contre, le commerce de viande humaine est inadmissible parce qu'il ouvre la porte aux pires excès. En plus, ce que vous n'avez pas l'air de comprendre, c'est que tant que ce trafic est illicite et limité, il est supportable. Des mecs s'en foutent plein les poches en servant d'intermédiaires, mais finalement ce n'est pas encore trop grave. Après tout, il existe des moyens légaux et admis mais largement plus immoraux de faire sa pelote. Non, ce qui est grave c'est que, si une telle chose prend de l'ampleur, la demande va excéder l'offre. Et des petits malins finiront par se constituer des cheptels de femmes qu'ils forceront à pondre pour faire du fric. Ils piqueront des mômes, peut-être, dans un premier temps, des petits laissés-pour-compte, des gosses malheureux qui seront sûrement mieux traités dans leur famille d'adoption, mais après ce sera n'importe quel gosse, un gigantesque supermarché de gosses et on les vendra sur catalogue. Et on larguera dans la nature des bambins parce qu'ils n'ont pas les yeux bleus, parce que le sexe ne convient pas, parce que la couleur des cheveux ou de la peau n'est pas celle qu'on avait choisie ou parce qu'ils sont déjà trop vieux. Et qu'est-ce qui se passera pour ceux-là? Eh bien, ils crèveront, comme d'habitude. Ça se fait déjà. Et ça, c'est inacceptable. Vous ignorez toutes les abominations quotidiennes de ce monde, et vous avez sûrement raison.

– Vous avez de bons moments, parfois, Jacques, surprenants, même.

Il la regarda sans trop comprendre ce qu'elle venait de dire.

– Je retire une bonne partie des horreurs que j'ai pu penser de vous.

Ah, alors, c'est que c'était gentil. Mais elle l'avait rendu triste.

– Je vous envie votre monde, Ariane. Un monde de bonbons à la fraise et de sirop au miel. Quoi que vous imaginiez, un humain, quelque part, a déjà fait pire, plus monstrueux, plus tordu...

– Et ils n'ont jamais fait mieux, plus grand, plus beau, plus désintéressé?

– Si... Sans doute. Mais on y pense moins, n'est-ce pas?

Elle le chavira avec un sourire qui lui rappela tous les moments qu'il avait aimés puis oubliés, et plongea son regard de chat dans ses yeux, un regard qui lui donnait envie de poser sa tête contre son cou. Avec un murmure qui fit se hérisser les petits cheveux de la base de sa nuque, elle demanda :

– Mon macho préféré tolérerait-il qu'une dame l'invite à dîner ce soir? La dame passerait le prendre à dix-neuf heures. Vous serez chez vous, à dix-neuf heures, Jacques?

Qu'il fût dans la foulée son « macho préféré » et qu'elle l'invitât lui coupa les jambes et la parole. Il lui adressa son plus joli regard de jeune bovidé et risqua un :

– Voui...

Elle sortit sur un mouvement de cils qui le laissa rêveur et ravi.

Son sourire niais et bienheureux vacilla cinq minutes plus tard, et il se jeta sur le téléphone : il ne voulait pas qu'elle vienne chez lui, pas encore. Il passerait la prendre vers huit heures et se laisserait conduire où elle voulait. Simon ne serait pas fier de son père ! Dire qu'il n'arrrêtait pas de seriner à son fils qu'il ne fallait jamais avoir honte de qui on était ni du montant de son salaire et encore moins de sa famille pourvu qu'on fasse sa vie honorablement et voilà qu'il craignait le regard qu'Ariane promènerait sur son trois-pièces de Villeneuve-la-Garenne. Pourtant, c'était coquet et propre chez eux, mais ça n'avait rien de comparable avec les tapis chinois bleu roi, les doubles rideaux de soie sauvage assortis et le petit secrétaire en bois de rose de l'entrée de l'hôtel particulier d'Ariane. Et encore, il n'avait pas vu le reste. Merde ! Il allait prendre une veste colossale avec cette fille, et une veste dont il aurait énormément de mal à se remettre. Une terrible envie d'entendre Simone le saisit. Il y résista parce que ça, c'était indigne de Simone. Simone, on pouvait la choisir ou la laisser, mais elle ne devait pas servir de lot de consolation. Il rentra chez lui pour se préparer. Bon, d'accord, il était lâche, et alors, on n'allait pas en faire une pendule et puis, c'était qu'un petit truc, quand même !

Les rires qu'il entendit en ouvrant la porte de son appartement le figèrent sur place. Une voix de femme! Simone? non pas Simone. Ariane! Elle n'avait pas eu son message.

– Euh, bonjour, ah ben, vous avez fait connaissance?

Ça pour une entrée en matière intelligente, ça valait son pesant de cacahuètes!

– Mais, Jâââcques, enfin! Simon et moi sommes de vieux amis téléphoniques. Tiens, en parlant de téléphone, je n'ai pas eu votre message!

– Donc, vous l'avez entendu mais vous avez décidé de n'en tenir aucun compte.

Le sourire malin qu'elle lui destina, confirma les déductions de Jacques.

– Est-il perspicace, l'animal!

Simon et Ariane se regardèrent comme s'ils partageaient un univers de secrets dont ils avaient exclu Jacques, le jugeant trop benêt. Puis Ariane se leva :

– Monsieur, si vous voulez bien me suivre, votre voiture vous attend.

Ils descendirent, après qu'Ariane eut murmuré à l'oreille de Simon quelque chose qui le fit glousser.

Une énorme limousine noire était stationnée devant la porte de l'immeuble. Le chauffeur en descendit et leur ouvrit la portière.

Jacques était, disons-le en peu de mots : baba!

– Vous m'aviez bien dit n'être jamais monté dans une limo? Non?

– Si, si, tout à fait.

– Eh bien, c'est chose faite.

Le chauffeur devait connaître leur destination, puisqu'elle ne lui lança que :

– Vous pouvez y aller. Nous sommes prêts.

Ils parlèrent de choses et d'autres, enfin c'est-à-dire qu'Ariane fit les demandes et les réponses puisque Jacques était en train d'essayer de prendre la mesure de la situation. Une question dangereuse s'insinuait dans son cerveau : même si elle voulait obtenir quelque chose de précis de lui, est-ce que toute cette mise en scène ne signifiait pas qu'elle l'aimait un peu... Oh! un tout petit peu suffirait pour l'instant!

Obnubilé par cet aspect du problème, il se jeta à l'eau :

– Est-ce que vous ne seriez pas un peu en train de me séduire, Ariane?

– Qui sait?

– Attention, Ariane! Ne jouez pas trop avec le feu si vous n'avez pas l'intention d'assurer derrière, je ne vous le pardonnerais pas.

Elle se débarrassa de la tension d'une pirouette :

– A vos ordres, capitaine!

Et ça ne répondait toujours pas à sa question!

Jacques reconnut bientôt un quartier familier. Un éclat de rire lui échappa lorsque l'énorme véhicule s'arrêta devant chez « Colette et Gaston ». Le couple les accueillit devant la porte. Ariane pénétra la première dans le restaurant, escortée d'un Gaston qu'elle avait failli faire tourner chèvre avec ses exigences invraisemblables, et qui du coup était conquis.

Colette passa son bras autour de Jacques et murmura :

– Ben, dis donc, quelle chieuse! Ça l'a pris à cinq heures du soir. Elle a voulu parler à Gaston, parce qu'elle savait que moi je l'enverrais sur les roses. Elle a rappelé six fois pour suivre les préparatifs. Gaston en était malade, mais attention, au garde-à-vous quand même! Je suis sûre qu'elle va lui réveiller son ulcère.

Elle montra d'un coup de menton son mari qui susurrait les dernières indications à une Ariane qui minaudait pour le plus grand bonheur de Gaston et conclut sèchement :

– Et regarde-moi ça. Il est ravi, ce gros bêta.

– Je sais. Elle fait cet effet-là à tout le monde.

Désolés, ils soupirèrent avec un parfait ensemble, né d'une longue et tenace amitié. Colette, consternée, déclara :

– Faut dire qu'elle est vraiment chouette, non?

Jacques se permit un autre gros soupir :

– Je sais, tout le monde dit ça... Même mon fils.

– Ah, c'est sérieux alors?

– Non, c'est très important, pourquoi?

– Rien. On t'aime beaucoup, Jacques, tu sais?

– On dirait un enterrement.

Colette sourit et le poussa vers la petite salle dans laquelle Gaston avait dressé leur table. Elle expliqua à Jacques dans un murmure que son mari avait bien dû perdre six cents grammes en suée rien que pour l'agencement du charmant petit bouquet de pivoines basses qui ornait le centre de la table car « Fallait que ce soit classou, sans gêner la vue, tout en sentant discrètement fleuri, sans atténuer la saveur des plats », bref un grand maître de l'Ikébana s'en serait pâmé d'envie. Jacques gloussa. Il imaginait assez bien Gaston, ses poignées d'amour crispées d'angoisse sous le tablier, s'excitant autour de ses pivoines. Et il embrassa Colette, parce qu'il aurait aimé une sœur comme elle. Il avait vraiment du pot : son fils et une amie comme on en rêve.

Le repas, sans viande ni poisson au regard attendrissant, fut un enchantement. Et Dieu sait qu'Ariane Saint Tolber s'y entendait en miracle et en séduction. Elle but très raisonnablement : elle avait des choses importantes à faire admettre. Jacques se laissait porter par le bonheur qui lui venait, même s'il savait qu'il était largement motivé par le calcul. Lorsque Gaston posa le dessert sur la table, pour lequel il fut remercié d'un regard de braise qui aurait pu faire chavirer un porte-avions, Ariane prit la main de Jacques.

– Vous avez de belles mains, si, si.

Ariane était émue et elle savait que ce n'était pas le moment. Cet homme commençait sérieusement à lui plaire, pas sérieusement du tout. Il rayonnait d'un halo bleu, chaud. Une lumière qu'il ignorait mais dans laquelle elle aurait volontiers dormi. Elle commença d'imaginer ces grandes mains aux ongles carrés sur son ventre... Bon on se calme, on se calme. Saint Tolber, reprends-toi? Ça n'est vraiment pas le moment. Une petite fille et ses deux mères ont besoin de toi. Couché!

Jacques craquait, mais ça faisait très longtemps qu'il craquait. Le problème n'était pas là. Comment fait-on comprendre à une femme qu'elle est devenue essentielle, sans qu'on sache comment? Comment lui faire savoir que la seule chose importante, là, maintenant, est de passer la nuit avec elle et que ça n'a rien à voir avec le cul? Si, bien sûr, c'est le cul, mais c'est tellement pour dire, expliquer autre chose. Une idée terrorisante lui vint : comment lui faire admettre qu'il pouvait n'y avoir qu'elle? Qu'il avait attendu quarante-deux ans pour qu'une notion si invraisemblable lui vienne, la même notion qui l'avait fait rigoler en douce quand des copains lui en avaient parlé? Il eut très peur, mais lui en fut finalement reconnaissant, car quoi qu'il advienne, il avait l'impression d'avoir pu brusquement prendre la pleine mesure de la vie, de quand on se retrouve en petite culotte.

Ariane parvint à reprendre le fil de la situation et le contrôle de ses idées. Non, mais des fois! Et comme par hasard, les trois Anciens étaient d'un mutisme absolu : c'est quand elle avait le plus besoin de leur aide qu'ils vaquaient à leurs propres affaires. Avec un luxe de précautions linguistiques, de circonlocutions et de périphrases propres à noyer le plus aguerri et le plus retors des diplomates, Ariane se rapprochait sournoisement du nœud de l'histoire : faire gober à Jacques que qui vole un bœuf ne vole pas forcément un œuf et qu'après tout il y a kidnapping et kidnapping.

– ... Car enfin, Jacques; l'acte est certes important mais c'est l'intention qui compte, non?

Devant une telle banalité, son humour reprit le dessus :

– C'est beau c'que vous dites, et tellement vrai qu'on aimerait bien l'entendre plus souvent.

Ne comprenant pas le sarcasme, elle le gratifia d'un charmant sourire :

– Oh, je suis une littéraire, vous savez?

Tout doucement, elle lui conta, en omettant quelque détails, son entrevue avec Claude Morin. Jacques la regardait, la cuillère en l'air, la bouche ouverte. Un petit bout de la glace à la vanille contenue dans le chou se liquéfiait en grosses gouttes paresseuses qui coulaient sur la belle nappe de Gaston.

– Vous faites des cochonneries, Jacques.

Il dirigea la cuillère vers sa bouche et faillit avaler sa profiterole de travers lorsqu'elle en vint aux faits.

– Mais vous êtes complètement dingue ou quoi?

– Ne vous énervez pas, Jacques. Je vous assure que j'ai raison. Si nous menons les choses en douceur, personne n'en pâtira.

– Mais, et la loi, Ariane? Ariane Saint Tolber est au-dessus des lois, c'est ça?

– Oh, crotte avec vos lois! Les lois sont faites

pour contenir ou punir les méchants et en l'occurrence personne ne veut de mal à personne et la solution que je propose est la meilleure puisque nul n'est lésé. Par ailleurs, heureusement que certaines personnes sont passées outre les lois en diverses occasions sans quoi nous en serions encore à l'âge des cavernes ou à l'inquisition. Ne soyez pas un timoré, Jacques!

Alors là, c'était trop : elle le traitait de chiffe-molle.

– Je ne suis pas timoré. Je suis un fonctionnaire de police et je suis payé pour faire respecter le code!

– On va le savoir, que vous êtes fonctionnaire! Cessez de vous abriter derrière l'Etat.

– Récapitulons, si vous le voulez bien. Or donc, vous allâtes rendre visite à Claude Morin, sans m'en avertir, passons...

– Eussiez-vous été là, qu'elle n'eût pas parlé, mon doux ami.

– Passons, dis-je! Claude Morin vous raconte l'histoire de sa vie sur laquelle vous restez très discrète...

– Elle est sans rapport direct avec l'enquête.

– ... Et elle vous confie qu'elle a « acheté » Karin au docteur Clarisse. Karin avait quelques jours lorsqu'elle l'a eue, c'est bien cela?

– Oui. Elle est partie vivre à Valence quelques mois, à cause des voisins. Une femme enceinte, ça se remarque.

– Là-dessus, Clarisse, pourvoyeur de bébés ou faiseur d'anges, a de gros ennuis avec l'Ordre et disparaît de la circulation. Sa clinique est saisie. Une femme, qui était gérante d'un magasin de chaussures à Chartres, reconnaît Claude Morin et la fillette. D'après la description, cette femme ressemble à celle que j'ai suivie et qui travaille maintenant dans la clinique de ce bon docteur Morienges. La femme kidnappe Karin, mais curieusement ne demande pas de rançon. Elle ne veut simplement pas la rendre. Je ne me trompe pas?

– Non. C'est bien ça!

Son regard innocent lui fit perdre son calme. Il se redressa et hurla :

– Et si vous arrêtiez de vous payer ma tête? Cette histoire est invraisemblable. Pas tellement la partie qui se rapporte à Mme Morin, mais cette kidnappeuse qui est capable de reconnaître une femme et une gamine sept ans plus tard, qui enlève la gosse pour faire cracher la mère mais qui ne demande pas de rançon! Où vous avez vu jouer ça! Faudrait peut-être voir à ne pas me prendre que pour un abruti, Saint Tolber!

Gaston déboula dans la salle, affolé. La sauce au chocolat était-elle trop amère?

Ariane le rassura d'un regard et minauda :

– C'est parfait, Gaston. Jacques nous fait une petite poussée de fièvre.

– Ah bon?

Et il rejoignit les cuisines.

– Ecoutez, Jacques, si vous le prenez d'une façon si émotionnelle, on ne s'en sortira jamais.

– Je ne suis pas émotionnel, Saint Tolber, mais j'en ai ma claque que vous vous foutiez de moi et que vous agissiez comme si le monde devait vous obéir au doigt et à l'œil.

Avec un soupir agacé, elle le fixa. Luce s'interposa. Elle avait l'air sûre de ce qu'elle avançait, mais Ariane en était beaucoup moins convaincue. Jacques l'entendit murmurer.

– Vous croyez, ma bonne Luce? Je ne sais pas si on peut lui faire confiance. Bon, si vous le dites. Asseyez-vous, inspecteur, je vais recoller les morceaux manquants. Bien, l'autre femme est la mère de Karin, je veux dire la mère biologique. Elle a confié la petite fille à la naissance à Clarisse, avec la promesse qu'elle serait placée dans une bonne famille. A l'époque, ça lui semblait la seule solution pour elle et l'enfant. Dès qu'elle s'en est sortie pécuniairement, elle a changé d'avis et a voulu récupérer sa fille. Mais Clarisse avait pris la poudre d'escampette. Tout ce qu'elle savait des gens qui avaient adopté sa fille, c'était leur nom : Morin. Il y a beaucoup de Morin en France, et elle ignorait que le couple était de Paris. Clarisse était un homme discret.

– Et le rapport avec Morienges?

– Morienges était le beau-frère de Clarisse, mais vous savez cela. Ils avaient monté ce petit trafic très lucratif ensemble. Morienges est plus malin que l'autre, c'est tout. Il ne s'est jamais fait pincer. Claude Morin croit savoir que Morienges a continué et elle pourrait, comment dire, beaucoup aider la police en lui confiant des indications précieuses, et des preuves. Car il s'agit maintenant d'un trafic européen, Jacques.

– Attendez, attendez! Qu'est-ce que vous insinuez là? Mais c'est du chantage, si je ne m'abuse?

– Oh, Jâââcques, quel vilain mot! Disons plutôt, un échange de bons procédés.

Jacques la fixait d'un air peiné et outré.

– Je suis très déçu, Ariane. Je croyais que vous me faisiez confiance, j'ai eu tort, je m'en remettrai.

Finaude, elle ne tomba pas dans le panneau :

– Ça ne vous intéresse pas, si je comprends bien?

Ça n'avait pas marché, tant pis! Il faudrait lâcher du lest.

– Si, si. Bon, les renseignements en échange de quoi ?

– Eh bien, Claude vous livre toutes les informations qu'elle possède et, en échange, on la laisse se débrouiller avec l'autre mère de Karin. Nous, tout ce que nous avons à faire, c'est récupérer la fillette et nous débrouiller pour qu'il n'y ait ni casse ni poursuites.

– Mais vous êtes folle ! Et Charrare, et le ministre, et la presse ?

– Charrare est d'accord, quant au ministre, en stratège, il préférera sans doute mettre la main sur des gros malfaiteurs que persécuter deux pauvres mères de famille, lui ! Et si c'est votre pub personnelle qui vous préoccupe, à mon tour de vous dire que je suis terriblement déçue !

Il la fixait, assommé par ses révélations et par son indescriptible culot. Elle avait osé rendre visite à Charrare dans son dos. Il imaginait assez bien la scène : elle roucoulante et persuasive, et l'autre charmé. D'un autre côté, Charrare avait omis d'être un demeuré, et même une très jolie paire de mollets ne lui feraient pas oublier qu'il était un flic. Oh, merde, quelle engeance, cette fille !

– Mais Ariane, il y a eu meurtre, une petite fille est morte, et même s'il ne s'agit pas de Karin, c'est tout de même un crime monstrueux qui ne s'accommode pas de tractations.

– Mais ce qu'il est bouché, à la fin ! Cette pauvre petite fille n'a pas été tuée. Elle est morte d'une insuffisance cardiaque, et si votre prédécesseur avait été un peu moins obtus, on n'en serait pas là, na !

– Norbert, il s'appelle Norbert.

– Eh bien, parlons-en de ce gommeux, dragueur d'hypermarchés, tiens ! S'il avait lu le rapport très intelligent du docteur Poincart, il aurait compris que la fillette souffrait d'une affection cardiaque congénitale et qu'il était même miraculeux qu'elle ne soit pas morte à la naissance. Par ailleurs, Poincart, qui fait son travail correctement, lui, rapproche son rapport du bulletin de santé scolaire de Karin Morin, laquelle avait un cœur parfaitement normal. Et du reste, au risque de vous paraître franchement désagréable, vous auriez pu, vous aussi, lire attentivement le compte rendu de la nécropsie. Mais non, ces messieurs partent bille en tête. Les tarzans du Quai des Orfèvres savent tout mieux que les autres, n'est-ce pas? Et si votre salaire ne vous est pas versé juste pour me torturer, la question suivante c'est, comment le corps de ce petit ange a-t-il été monstrueusement utilisé pour nous berner et par qui?

– Et pourquoi?

– Mais enfin, Jacques, ça c'est évident. Pour faire croire que c'était Karin, et qu'on arrête les recherches.

– Ben alors, c'est simple. C'est la mère, enfin je veux dire, l'autre, la première.

– Mais Jacques, nous sommes encore fort heureusement dans un pays où on ne trouve pas des cadavres comme cela. Ça demande des complicités, ce genre de choses, et si possible médicales. Ou alors les pompes funèbres, mais là on s'écarte. Oh, je le hais ce type! Je veux qu'il moisisse pour le restant de ses jours sur la paille humide des cachots!

– On ne met plus de paille, Ariane.

– C'est une métaphore.

– Ah bon!

Un soupir de fin de monde lui échappa. Elle avait raison, sur tout, et même sur le fait qu'il n'avait pas fait son boulot correctement :

– Comment avez-vous su tout cela, Ariane?

– Oh! Jacques, vous êtes désespérant. Je suis voyante, vous vous souvenez. Et puis Jacques, il suffisait d'un peu de bon sens.

Il était au bord du gouffre. Et elle était tellement gentille en lui disant ces atrocités sur son incapacité. Elle avait tellement raison : il avait fait assaut de nullité et d'incompétence. Il lâcha :

– Bon, quand allons-nous voir Claude Morin?

– Oh que vous êtes chou, Jacques, quand vous faites un petit effort. Et puis, vous savez, le commissaire divisionnaire, qui est un homme délicieux et si drôle, est très content de vous. Si, je vous assure. J'ai beaucoup insisté sur vos talents et mérites dans cette affaire, à juste raison d'ailleurs.

Qu'on pût trouver Charrare délicieux et drôle plongea Jacques dans un autre abîme de spéculations.

... Et puis, Norbert... Pourquoi l'avait-elle appelé un dragueur d'hypermarchés? Avait-il essayé de...? Il allait lui foutre son poing sur la gueule à ce manucuré qui ne pouvait pas voir une jupe sans que sa langue lui tombe sur les genoux et que ses yeux s'échappent de leurs orbites...

16

La limousine glissait dans Paris. Ariane, en conquérante consommée, raccompagnait un Jacques défait. Ils n'échangèrent pas un mot. La voiture s'arrêta devant l'immeuble de Jacques.

– Dites bonsoir à Simon de ma part.

– Hum. Je n'y manquerai pas... Ariane, je...

– Non, ne soyez pas triste. Vous vous en tirez très bien, pour un humain, comment dire, classique.

– Je ne crois pas que « classique » soit un compliment ?

– Dans votre cas, si !

Il descendit de voiture et machinalement elle lui tendit la main. Il l'attrapa au vol et embrassa sa paume. Elle ne la retira que pour lui caresser la joue.

– Bonsoir, Jacques. Dormez bien, nous avons du travail demain.

Il regarda la lourde voiture s'éloigner. Il allait mieux. Elle ne lui en voulait pas. Il faut dire qu'elle bénéficiait d'avantages que peu de gens possédaient. Trois personnes qui savaient tout lui filaient des renseignements de première main. Lui devait se démerder tout seul. Ça y est, il y croyait dur comme fer, à ses trucs. Même que ça l'impressionnait drôlement.

Simon, qui depuis quelques mois était tombé amoureux de Mary-Elizabeth Mastrantonio, parce qu'elle était « super et qu'elle n'avait pas les deux pieds dans le même sabot » regardait pour la cent-trentième fois « Abyss » en attendant son père et éventuellement... Bon, mais faut pas rêver, parce que son père, lui, avait les deux pieds et les deux mains dans le même et encore c'était un tout petit sabot. Du reste, même Gros Léon, qui n'était pourtant pas une langue de vipère, commençait à s'interroger sur ses talents de séducteur.

– Tu ne dors pas?

– Non, comme tu peux le voir!

– Je sais, je ne suis pas brillant-brillant, en ce moment.

– Ça ne va pas?

– Comme tu peux le voir.

– Bon, un partout, mais ça ne fait pas avancer les choses. Qu'est-ce qui ne va pas?

– Je finis par croire que je ne suis pas à la hauteur... Peut-être que tu devrais retourner avec ta mère. C'est une femme intelligente, ta mère. La preuve, elle m'a quitté.

– Elle n'est pas si intelligente que ça puisqu'elle t'a quitté parce que tu étais flic et qu'elle le savait en te rencontrant.

– Oui, mais elle avait une vision romantique des flics. Tu sais, le genre feuilleton télévisé, le type baraqué et bronzé avec son holster qui vit avec un gentil alligator et qui dégaine plus vite que son ombre. Ça, c'est sûr qu'elle a été déçue. Le bal de fin d'année à la PJ, c'est pas vraiment à la hauteur des nuits folles dans la caravane de Mel Gibson.

– Bon, écoute. On a déjà fait le tour du problème ensemble. Ma mère est géniale et je l'adore mais elle n'a pas besoin de moi. Elle m'aime beaucoup mais j'occupe trop de son espace vital et ça l'embête de ne pas être « une bonne mère ». Ça n'est pas la peine que je contribue à engraisser son psychanalyste qui vit déjà très luxueusement sans ça, puisque nous, ça nous fait du bien d'être ensemble ? Non ?

– Simon, mon fils, je te trouve tellement... Enfin je veux dire, si tu n'étais pas là, je... Enfin...

– Je sais. Tu m'aimes et moi aussi je t'aime, d'accord. Bon, maintenant, crache le morceau.

Jacques le regarda sans parler. Il en aurait bien pleuré, s'il avait été un peu moins coïncé. Il ne comprendrait jamais pourquoi un miracle comme ce petit garçon lui était tombé dessus, mais il voulait bien remercier n'importe qui à genoux : Dieu ou Madame génétique. Et il lui raconta tout, parce que lui seul pouvait comprendre en toute bienveillance. Ariane aurait pu, aussi, bien sûr, mais Ariane était trop impliquée. Une heure plus tard, Jacques avait descendu un demi-litre de bourbon et Simon et Gros Léon un litre de lait entier. Simon écoutait, fasciné, et ponctuait le monologue de son père de « merde, alors ! »

– Et ce qui t'embête c'est qu'elle ait tout compris avant toi ?

– Ben, c'est moi, le professionnel, quand même !

– Oui, mais elle est exceptionnelle, non ?

– Comment tu le sais ?

– Je le sens, c'est tout. En plus Léon lui a ronronné dans le cou et ça c'est très rare, et tu ne tomberais pas amoureux de n'importe qui, c'est comme moi.

– Ah bon ?

– Ben oui. C'est comme avec Mary-Elizabeth. Il fallait qu'elle soit vraiment différente, tu comprends?

– Ouais.

– Bon, et que vas-tu faire maintenant?

– C'est dur à admettre pour un flic de quarante-deux ans mais je me suis décidé dans la voiture à faire comme elle disait.

– Et pourquoi c'est dur? Parce que c'est une femme, ou une voyante ou les deux?

– Oh, non, j'ai dépassé ce cap-là.

– Lequel? Celui de la voyante ou de la femme?

– Bon, d'accord! Tu veux me faire dire que ça me gêne qu'une femme soit meilleure que moi, et sur mon propre terrain, encore? Mais c'est plus compliqué que ça. C'est un monde de mecs tu sais. Les flics sont encore majoritairement des mecs, et les truands aussi. Les femmes sont à l'extérieur de ce monde, et je trouvais ça pas plus mal parce que c'est un monde qui pue, c'est des tonnes de merde, de méchanceté et de vulgarité.

– Hum... Je comprends. Ça se tient.

– Ouais, et si on allait se coucher, mon fils?

– D'ac!

Et, pensifs, ils rejoignirent chacun leur chambre. Même Gros Léon semblait s'être alourdi du poids de leurs interrogations.

Un pépiement survolté se déversa du téléphone. Il allait devoir se shooter à la vitamine C, ou à quelque chose de plus agressif encore s'il voulait adopter son rythme. Mais quand dormait-elle?

– Jââââcques? Mais c'est pas vrai? Vous dormiez encore? J'ai attendu jusqu'à six heures. Il faut absolument que vous diminuiez votre consommation de viande morte, Jacques. Ça alourdit terriblement de manger du cadavre, outre que ce n'est pas correct éthiquement, vous savez ?

Si elle continuait à lui raconter des choses dégoûtantes dès le lever, il allait être malade pour le restant de la journée.

– Vous aviez peut-être quelque chose d'intéressant à me dire, chère Ariane ?

– Bon, bon. Bien, nous commençons par quoi ? Rendons-nous visite à Claude Morin ?

– Ariane, la France est un grand pays qui a participé à l'élaboration de toutes les grandes civilisations et de toutes les démocraties. Ça veut dire, entre autres choses, que les Français savent vivre et qu'ils ne déboulent pas à six heures du matin chez les gens sans y avoir été expressément invités.

– Non, mais ça je sais, mon cher Jacques. Je ne descends pas de mon arbre. Je voulais juste que vous me donniez le programme de la journée pour prévoir une tenue adéquate, ce sont des détails qui ont leur importance.

– Certes ! Eh bien, nous irons rendre visite à Claude Morin, puis très probablement à ce cher docteur Morienges, ça vous va ? Le porte-jarretelles n'est donc pas de rigueur mais, si ça vous fait plaisir, surtout n'hésitez pas.

– Quel humour, vraiment, gardez-m'en deux caisses ! Bon, je vois ! Sport mais chic, et plutôt chic que sport, d'accord ! Je serai prête à huit heures, je vous attends. Puisque vous vous révélez être un spécialiste du savoir-vivre à la française, huit heures c'est convenable, non ?

Et elle raccrocha.

Dans un demi-coma et la gueule très largement dans le mur, Jacques alla prendre une douche et prépara leur petit déjeuner. Simon allait la bénir : c'était théoriquement sa semaine de corvée « petit dèj ».

Il la retrouva en bas de l'hôtel particulier à l'heure dite. C'était d'un lassant : elle était parfaite, comme d'habitude, fraîche et pimpante, comme d'habitude, chic mais sport comme promis, et lui avait des poids de deux livres accroché aux paupières supérieures, comme d'habitude. Il aurait tant aimé la voir ne serait-ce qu'une fois affligée d'un herpès labial, le cheveu gras et terne et mal fagotée, juste une fois, pour lui faire plaisir et le rassurer.

Ils parvinrent en bas de chez les Morin à huit heures trente.

– J'ai téléphoné à Claude pour l'avertir de notre visite. ELLE était réveillée à six heures! Pierre Morin ne sera pas là. Il n'est pas au courant de... nos petites affaires, et c'est aussi bien.

– Parce que c'est un mec et qu'il ne comprendait pas, c'est ça?

– Jâââcques! Ne me dites pas que je vous émascule, quand même, c'est pas le moment! Vous êtes fondamental dans cette affaire, sans vous je ne pourrais rien!

– C'est ça! Foutez-vous de moi en prime!

– Ecoutez, Jacques, on en reparlera quand tout sera terminé, d'accord? Il est bon de comparer sa perception d'une expérience partagée, c'est toujours constructif, et, du reste, même une petite destructuration par-ci par-là vaut le coup, parfois. Hein? Mais alors vraiment, pour l'instant... Lâchez-moi, j'ai autre chose à faire! D'accord?

– Vouiff!

– Vous voyez, quand vous voulez!

– ... Ariane, cette femme à la clinique, la mère biologique, je sais où je l'avais vue!

– Ah oui? Et où?

– La première fois qu'avec Norbert j'ai rendu visite aux Morin je l'ai croisée dans l'escalier!

D'un ton qu'elle espérait gentil, Ariane rétorqua :

– Super! Ça nous aurait rudement aidés il y a une semaine, mais maintenant, ça ne vaut plus tripette comme renseignement. On sait que cette femme connaît Claude Morin! Faut suivre, Jacques!

– Je sais... J'suis nul...

– Oh non, Jacques! Vous êtes quinouchet, vous êtes merveilleux!

– Vous croyez?

– Mais oui! qu'est-ce que vous nous faites là? C'est le spleen de l'andropause?

– Bon alors, ça va. C'est peut-être rien que des doutes passagers?

– Mais absolument Jacques! Et moi, vous croyez que j'avancerais sans EUX?

– Vouiff!

Rasséréné, Jacques lui ouvrit la portière.

Le moins qu'on puisse en dire est que Claude Morin n'était pas amicale. Elle exigea avant toute chose la parole de Jacques que les termes de leur accord seraient respectés. Il la lui donna, mais elle quêta d'un regard une confirmation de la part d'Ariane. Et elle raconta tout avec une économie de mots qui stupéfia Jacques. Elle était livide et glacée et se tournait vers Ariane, bien que ses déclarations soient destinées à un flic. Mais elle n'avait confiance qu'en Ariane. Elle n'hésita pas à l'éclairer sur ses liens avec Clarisse : sa vie de pute! Au point où elle en était peu de choses avaient d'importance, sinon Karin! Jacques ressentit une énorme bouffée d'amour pour Ariane parce qu'elle avait passé sous silence cet épisode, et pour Claude Morin parce que c'était une vraie femme : dure, aimante et follement courageuse.

Morienges avait réussi un vrai coup de maître. Lorsque son beau-frère s'était retrouvé dans le caca, il l'avait lâché et désavoué en jurant ses grands dieux qu'il ne savait rien des « monstrueux » trafics de celui-ci. Clarisse avait trinqué pour les deux. En habile politique, Morienges avait ensuite divorcé de la sœur de son ex-compère et s'était refait une santé et une carrière aux Etats-Unis. Il en avait ramené une gourde absolue, mais dotée d'un très alléchant héritage, et qui bavait d'admiration devant son latin lover de mari. En homme organisé, Morienges avait agencé les choses pour leur donner une ampleur européenne, après tout c'était dans l'air du temps. Des filles tombaient toujours enceintes, en dépit de la contraception dont certaines n'avaient, semblait-il, jamais entendu parler, surtout en Europe du Sud. Plutôt qu'un avortement, on rabattait les filles, de préférence jeunes et paniquées, vers la clinique, et pourvu que le bébé fût blanc, on les chouchoutait jusqu'à la naissance. Le bébé parvenait à sa destination, c'est-à-dire un couple très à l'aise, et la fille touchait un petit pécule pendant que Morienges empochait une manne très substantielle. La demande excédant les erreurs de calcul de ses génitrices, Morienges avait songé à élargir son cheptel aux Américaines du Sud. Elles étaient faciles à berner : quand on crève de faim, on accepte pas mal de choses, mais il fallait faire traverser clandestinement un océan à des gosses, ce qui n'est pas sans danger. La fourniture de chair néo-née commençait à poser de sérieux problèmes. Mais Morienges, homme d'ouverture et de grands espaces, songeait très sérieusement à aller prélever au sud ou à l'est les bambins manquants, avec ou sans la bénédiction de leurs parents.

Les prix montaient donc, mais il y avait toujours des acheteurs. Claude n'en savait pas davantage. Les fausses mères accouchaient faussement dans la clinique et les vraies mères ayant reçu leur petit dédommagement étaient escamotées par la porte de service. La mère biologique de Karin, « cette femme! » comme l'appelait Claude en crachant le mot, devait en savoir plus. Quant à la petite fille morte qu'on avait substituée à Karin, Claude n'en savait rien. Elle avait eu tellement peur, elle le jurait sur la tête de Karin, et Jacques la crut.

– Mais cette femme, pourquoi a-t-elle repris du service auprès de Morienges?

Claude Morin regarda Jacques avec une franche animosité :

– Je ne sais pas. Demandez-le-lui!

A son air buté et ses lèvres pincées, il comprit qu'il n'en tirerait rien de plus. Il regarda Ariane et ils se levèrent pour prendre congé. Claude Morin les arrêta :

– Et ma fille? Qu'est-ce que vous allez faire pour ma fille?

– Mais la récupérer en douceur, madame. C'est bien le prix de votre témoignage, non?

– Oui. Mais cette femme est prête à tout, vous savez. Elle peut faire du mal à Karin si on l'affole, ou disparaître avec elle et on ne la retrouvera jamais. Sans cela, il y a longtemps que je serais allée la récupérer, de force même. Mais elle m'a mise en garde la dernière fois.

Ariane lui prit la main :

– Tout va bien se passer, Claude.

D'une voix soudain très jeune et apeurée, Claude Morin insista :

– Vous êtes sûre ?
– Oui !
– Bien. Mais si après elle fait un procès ? Elle, elle connaît mon ancienne vie, et comment on a... eu Karin... Et si on m'enlève ma fille ?
– Il n'y aura pas de poursuites, madame.
– Bon.
Claude Morin les regarda partir sans même songer à les raccompagner. Elle concentrait son énergie sur l'attente. Des semaines qu'elle attendait sans savoir quoi tenter et ces quelques heures qui la séparaient encore du dénouement lui semblaient comme un océan d'attente, l'agrégation de millions de gouttes d'attente qu'elle allait devoir compter jusqu'à ce que la voix d'Ariane assèche définitivement l'angoisse, la peur et la souffrance.

Ariane et Jacques s'installèrent sans un mot dans la voiture de service. Jacques pianotait nerveusement sur le volant.
– Arrêtez de faire ça ! Ça me met les nerfs en pelote.
– Pauv'choute va ! Moi, ça me détend.
– Ça, ça m'étonnerait, tiens !
– J'oubliais que Madame sait tout mieux que tout le monde !
– Pourquoi vous êtes méchant avec moi, tout d'un coup ?
– Pardon. J'essaie de me calmer avant d'aller voir Morienges.
– Vous n'allez pas le passer à tabac, quand même ?
– Enfin, Ariane ! Dans quels mauvais romans pêchez-vous ces idées ?
– Taratata, mauvais romans vous-même. Le coup du Bottin, c'est connu !

– On utilise tous le Minitel, y a plus de Bottins dans les bureaux. Non, je suis un calme, moi.

– Bon, eh bien alors, allons-y.

– Si on se promenait un peu avant ?

– D'ac !

17

Un très mauvais pressentiment accablait Ariane, lorsqu'ils se réinstallèrent dans la 205, après s'être sustentés d'un second petit déjeuner à la terrasse d'un café. Davantage même : un feeling très-très négatif. La franche jovialité d'Archibald, qui faisait des incursions éclair dans sa tête, épaississait ses doutes, et l'humeur soudainement charmante de Jacques était suspecte. Luce s'était retirée, quant à Sun-Lee, elle composait à la gloire de l'oiseau-lune et de son amitié pour le poisson-rocher. Ces dames n'étaient donc d'aucun secours pour l'instant. Ils roulèrent comme s'ils partaient en week-end. Jacques chantonnait « Si toi aussi tu m'abandonnes », et Ariane se sentait de plus en plus mal. Il commença de siffloter : mauvaise limonade !

– Ça va, Jacques ?

– Euh, ben oui, pourquoi ?

– Oh, pour rien, c'était juste pour savoir.

– C'est gentil. Une bien belle ville que notre capitale, vous ne trouvez pas ?

– Si, si, du reste le monde entier nous l'envie.

– Voui et à juste raison, je n'ai pas peur de l'affirmer !

– Non, moi non plus, d'ailleurs !

Oh là là. Ça sentait de plus en plus mauvais. Elle

eut un regard inquiet pour ses phalanges qui blanchissaient sous la pression superflue de ses mains contre le volant.

Un quart d'heure plus tard, ils arrivèrent devant la grille de la clinique du Val au Gouffre. Jacques souriait aux petits oiseaux qui becquetaient d'improbables miettes sur les pelouses coiffées de frais qui entouraient les pavillons. Bouh... Cette histoire allait mal tourner, pas besoin d'être voyante pour le sentir ! Et si Morienges, se sachant perdu, leur tirait dessus, ou ses sbires à la Cherokee ? On se calme, Saint Tolber, on se calme.

– Ariane, je crois qu'il serait préférable que vous n'assistiez pas à mon... entretien avec le bon docteur Morienges.

Elle eût été d'accord en tout autre circonstance, mais elle savait qu'elle devait l'accompagner.

Faussement ulcérée, elle lança :

– Ah non, alors ! Ça ne va pas recommencer ! J'obtiens les renseignements de première main qui nous amènent ici, je débrouille tous les fils, et c'est bobonne à la maison et cramponne-toi à ton essuie-tout ? Ça va pas, la tête ? Je viens ou je hurle !

– Bon, bon. Moi, ce que j'en disais, c'était pour votre bien, c'est tout.

– Eh bien ! occupez-vous du vôtre, je suis une grande fille.

– Na ?

– Na !

Le gentil sourire de la perruche-hôtesse dégringola de son support « jungle red » lorsqu'elle les aperçut. Elle tenta de toute évidence d'appeler quelqu'un mais Jacques fut plus rapide et lui arracha le combiné des mains. Il le reposa et très courtoisement l'avertit :

– Je crois, mademoiselle, qu'il vaut beaucoup mieux que vous restiez en dehors de tout cela.

A la vue de la carte de police qu'il lui brandissait à hauteur de faux-cils, ses épaules s'affaissèrent.

– J'ai rien à voir avec toutes leurs combines. Je travaille juste à la réception.

– Bien sûr, mais vous êtes au courant. Dites-moi, ça ne vous est jamais venu à l'idée d'appeler la police ?

– On est bien payé, ici. Je suis désolée, j'aurais dû, mais...

– Eh bien, vous raconterez vos atermoiements au juge d'instruction. C'est une véritable carne, mais elle est terriblement efficace, vous verrez. Elle se nomme Hélène Leclerc, un Attila en tailleur, rappelez-vous-en !

Les yeux de la fille se remplirent de larmes et Ariane vit Jacques sourire. Elle le découvrait impitoyable, et elle n'était pas sûre d'aimer cette facette. Mais Emma avait sans doute raison : on ne peut pas toujours régler les affaires des humains avec les poèmes d'une princesse thaï ou les sourires d'une cousette. Elle n'aimait décidément pas ce monde-là. Vivement que tout cela finisse, qu'elle retrouve sa place ailleurs.

La matrone sanglée dans son uniforme qui les avait accueillis la première fois déboula du couloir qui menait au bureau de Morienges, fit volte-face et tenta une retraite précipitée que bloqua Jacques.

– Mais non, mais non, mon petit, on reste avec le gentil policier.

D'un signe du menton, il désigna une petite porte sur sa gauche. La perruche s'empressa :

– C'est la pièce des fax.

– Ouvrez et donnez-moi la clef.

C'était une toute petite pièce aveugle au fond de laquelle trois télécopieurs étaient installés.

– Mesdames, et si on allait se recueillir un peu?

Sur quoi, il enferma les deux femmes qui n'opposèrent aucune résistance. Il se tourna vers une Ariane décolorée jusqu'aux lèvres :

– Vous venez, ou vous prenez l'air?

– J'ai envie de faire pipi.

– Quoi? Je vous demande pardon?

– Ben oui, quoi! C'est la tension, ça me fait toujours ça, c'est pas de ma faute!

– Et vous ne pouviez pas prendre vos précautions avant?

– Mais, c'est ce que j'ai fait.

Elle prit un air boudeur et regarda le signe indiquant les toilettes sur la droite.

– Bon, grouillez-vous.

– Vous m'attendez, hein?

– Oui, vous ne voulez pas que je vous tienne la porte? Oh, non, c'est pas vrai, mais qu'est-ce que j'ai fait pour mériter ce supplice!

Ariane revint à peine une minute plus tard en tirant la doublure de sa jupe. Jacques avait mis cette minute à profit pour imaginer toutes les vengeances qu'il pourrait expérimenter sur elle, les plus baroques, les plus perverses et surtout les plus lentes. Il était assez satisfait d'une imagination que même l'âge n'émoussait pas.

Ils foncèrent dans le couloir qu'avait emprunté Ariane lors de sa première visite et déboulèrent sans s'annoncer dans le bureau de Morienges, lequel se leva d'un bond.

– Mais qu'est... Qui êtes-vous?

Puis, reconnaissant Ariane, un sourire enjôleur fit surface et sa voix descendit dans les basses séductrices.

– Mais c'est cette chère petite madame, comment déjà, et son cher mari... Mais on ne m'avait pas prévenu que vous aviez repris rendez-vous... Allons, allons, ce n'est pas grave. Une de mes patientes vient justement de se décommander. Asseyez-vous, là. Alors, vous avez réfléchi? Vous savez, bien sûr, que le processus est un peu long et surtout... comment dire... onéreux.

Jacques ronronna :

– Oui, cher docteur : trente ans avec une peine de sûreté, plus les honoraires d'un excellent avocat.

– Je vous demande pardon?

– Trafic illicite d'enfants, escroquerie, chantage et sans oublier kidnapping, plus tout ce qu'on ne manquera pas de trouver en farfouillant un peu partout... Et je garde le mieux pour la fin.

– Mais qui êtes-vous?

Il n'avait pas encore peur, Ariane le sentait, mais elle prit comme une gifle sa Couleur, safran, qui hésitait au bord du rouge-puce, le mal. Oh non, pas ça. Ça, une fois qu'on y était, on ne pouvait plus jamais en revenir. Cette Couleur, elle ne l'avait rencontrée que deux fois. Une nausée lui fit remonter son croissant-café-crème dans la gorge. Elle respira par la bouchc ct parvint difficilement à se calmer. Jacques avait brandi sa carte devant le nez de Morienges.

– Je ne comprends absolument pas de quoi vous parlez, mon cher, il doit s'agir d'une erreur de vos services. Il vaudrait mieux la reconnaître tout de suite et en rester là : j'ai des amis très influents.

– Ils vont s'en mordre les doigts. Mais après tout c'est bien fait pour eux. Les gens ramassent n'importe quoi dans les poubelles et ils s'étonnent d'avoir des boutons après!

– Bien, j'appelle mon avocat.

– C'est ça, Ducon, appelle-le!

Le combiné resta en l'air, puis Morienges le reposa et se rassit avec le sourire d'un notable comblé.

– Vous n'avez rien contre moi.

– Sans blague! J'ai deux petites dames bouclées qui sont en train de sangloter sur vos fax, et que la perspective de quelques années de taule au moins va très sûrement rendre bavardes. Et puis, j'ai une carte maîtresse : une femme qui se souvient parfaitement de l'excellent tandem que vous formiez avec votre ex-beauf. Ça pue, là, hein Morienges!

Ariane, qui était enfin parvenue à maîtriser les convulsions de son estomac, regarda avec un intérêt d'esthète, encouragé dès le plus jeune âge par de fréquentes visites dans les musées, le vert épidermique du visage de Morienges se mélanger au safran et au presque rouge-puce. Beurk, pas sain!

Un hennissement ravi d'Archibald ponctué d'un tonitruant « Vas-y, mon gars, défonce-lui le dentier! » l'avertit de l'imminence d'une catastrophe. Prête à bondir, elle détailla Jacques, qui avait adopté une curieuse position sur son fauteuil. Il tenait son poing droit fermé sur quelque chose. A l'éclat métallique qu'elle entraperçut entre son index et son majeur, elle identifia son énorme trousseau de clefs. Mais que faisait-il avec ses clefs dans la main? Oh là, là, ça n'allait pas du tout se régler civilement, cette histoire. La violence que Jacques retenait mais qu'il entretenait soigneusement lui résonnait dans le sternum. Et Archibald qui en faisait des tonnes! Finalement, c'était beaucoup moins drôle qu'elle ne l'avait imaginé.

Morienges se passa une langue mince sur les lèvres, il transpirait.

– C'est de la foutaise, ça ne tiendra pas la route.

Des témoignages de bonnes femmes hystériques dont j'ai repoussé les avances, et pourquoi pas des délateurs anonymes tant qu'on y est?

– Ben voyons! Y a vraiment des femelles en manque, pour se résoudre à vous sauter à la braguette, mon brave monsieur. J'ignorais que la misère sexuelle frappait également les femmes. Et puis, il y a beaucoup, beaucoup plus grave. Il y a le meurtre d'une petite fille, Morienges... Vous savez ce que font subir aux tueurs d'enfants les taulards normaux? Non? Vous voulez que je vous décrive, vous allez en baver, Ducon, et comptez sur moi pour veiller à ce qu'on vous installe dans la même cellule qu'un vrai dur, un qui n'a plus rien à perdre, vous voyez ce que je veux dire?

Mais, il débloquait complètement! Elle lui avait pourtant expliqué que la petite fille était décédée des suites d'une insuffisance cardiaque? « Vas-y, mon gars! ». « Cessez, Archibald, je ne me sens pas bien! »

Absolument indifférent au drame de la communication extrasensorielle que vivait Ariane, Morienges transpirait maintenant à grosses gouttes. Il se releva de son beau fauteuil en cuir et hurla :

– Mais vous êtes fou, ou quoi? Moi, tuer un gosse? Mais jamais je ne ferais un truc comme ça.

Ariane soupira. L'évocation de sa participation à une telle horreur avait été salutaire à Morienges : il n'était plus que jaune safran.

– Alors ça, ça sera dur à prouver. Car figurez-vous qu'un corps sans tête de petite fille, revêtu des vêtements de Karin, a été retrouvé. Pour nous égarer, c'est sûr. Mais Morienges, un corps mutilé de gosse, une gamine décapitée, ça vous fait quoi, Morienges, d'avoir assassiné puis DE-CA-PI-TE une gosse de sept ans?

Jacques s'était levé d'un bond. Il se jeta sur Morienges le poing en avant. Avant qu'Ariane n'ait eu le temps de réagir, elle entendit trois coups mous puis un craquement d'os suivi d'un hurlement de douleur. Mon Dieu, ils allaient finir par se faire mal ! Galvanisée par les exhortations guerrières d'Archibald, elle fonça tête baissée dans la mêlée en se disant qu'il serait toujours temps d'improviser au moment de l'impact. Elle reçut une gifle mémorable de Jacques qui lui était bien destinée. Lorsqu'une giclée du sang de Morienges vint moucheter son chemisier de soie ivoire, tout neuf, une petite faiblesse lui coupa les jambes. Elle revint à elle dans les bras d'une très gentille dame qui portait un coquet petit chapeau bleu marine.

– Ça va ? Respirez à fond.

– Ça va très mal, merci, madame.

Quelques secondes lui furent nécessaires pour comprendre que la dame était policier et que ses petits camarades étaient arrivés en bande. La pièce tournait lentement autour d'elle, pourtant, elle était sûre de n'avoir ni bu ni mangé de champignons.

Jacques s'agenouilla près d'elle, l'air inquiet.

– Ça va, mon chou ? Vous m'avez flanqué une de ces trouilles !

Elle ébaucha un sourire rassurant qui se figea net : il l'avait giflée ! Et même que c'était une drôle de claque ! D'une voix suraiguë, elle glapit :

– Espèce de psychopathe, vous m'avez battue, moi qui m'interposais pour vous éviter un mauvais coup...

Il regarda avec une infinie tendresse la silhouette légère et les mains fines et sourit :

– Il avait un flingue, Ariane. Le coup pouvait partir et votre adorable petit corps faisait une cible idéale.

– Mais non, il n'avait pas de revolver, j'ai rien vu!

– Pourquoi croyez-vous qu'il se soit levé et rassis à deux reprises? Pour couvrir le bruit que fait un tiroir de bureau quand on l'ouvre.

– Oh, saint Basile, je vais me trouver mal!

– Un peu d'imagination, Ariane, ça vous nous l'avez déjà fait.

Elle se releva et s'assit par terre.

– Mais pourquoi avez-vous raconté cette histoire au sujet de la petite fille? C'est un mensonge!

– Pour qu'il fasse dans son froc et qu'il crache le morceau, le vrai. Ce qu'il a fait.

– Ah, eh bien, racontez!

– La gamine est morte à la clinique. Les parents qui habitent le coin l'avaient amenée en catastrophe en pleine nuit. Elle se plaignait de violentes douleurs et se sentait terriblement fatiguée. Le bon docteur a soigné la gamine ici, durant deux jours. Du reste, il l'a probablement fait par réelle gentillesse. Le goût du fric lui a pourri la moelle mais ce n'est pas un tueur, ni surtout un sadique. En dépit des soins, la gamine n'a pas survécu. Et Hélène Car, la mère de Karin, fait son entrée en scène. Elle s'est fait engager à mi-temps comme femme de ménage à la clinique, parce qu'elle vient de récupérer Karin et qu'elle sait qu'un jour ou l'autre elle aura besoin des services de Morienges. Et ce jour arrive. Elle veut maquiller le kidnapping de sa fille en meurtre d'enfant pour qu'on ferme le dossier. Morienges essaie de la dissuader, c'est du moins ce qu'il dit, mais elle menace de le donner aux flics. Il obtempère. Morienges, qui a une excellente réputation dans la région, parvient à convaincre les parents de faire la mise en bière à la clinique, ça évitera à la mère une autre douleur.

Evidemment, le corps n'a jamais été placé dans le cercueil. Il a été...

– Bon, ça suffit, Jacques. J'imagine le reste. Oh, mon Dieu, tout ça pour de l'argent.

– Pas seulement. Dans le cas de Morienges et au début, oui, sûrement, mais après, la peur fait le reste. Dans le cas d'Hélène Car, c'est à la fois plus compliqué et beaucoup plus simple. Je connais des histoires que vous ne croiriez pas. Vous ne pouvez pas savoir jusqu'où peuvent aller des gens dès que des enfants sont concernés. Alors, sa fille, sa Honte, son Rachat, l'amour de sa vie, je ne sais pas...

Ils quittèrent bras dessus bras dessous la clinique, investie par une armée de policiers. Il restait à convaincre Hélène Car de rendre Karin, et sans bavure.

Quelques minutes s'écoulèrent en silence. Jacques ne chantonnait plus en conduisant. D'un ton très las, Ariane demanda :

– On y va maintenant?

– Non, demain matin. J'ai des petites choses à préparer.

– Vous croyez qu'elle ne se doute de rien?

– Non, je ne crois pas. La maison est surveillée depuis ce matin et rien d'anormal ne s'est produit. En plus, elle n'a que peu de moyens de vérifier, depuis qu'elle a quitté la clinique pour s'occuper de Karin.

– Je suis très fatiguée, Jacques.

– Je vous raccompagne. Vous êtes rudement courageuse, vous savez. Quand je pense que vous avez volé à mon secours, au risque de recevoir un sale coup...

– Je n'ai pas réfléchi.
– Ah? Sans cela vous ne l'auriez pas fait?
– A votre avis?

Ils jugèrent préférable, l'un comme l'autre, d'en rester là.

18

Jacques s'installa très inconfortablement sur un petit coin du canapé en chintz. Ça n'était pas évident, lorsqu'on mesurait plus d'un mètre quatre-vingts au garrot et qu'on jouissait d'une respectable ossature, de poser son fessier précisément sur une des fleurs rose pâle du jeté. Encore une idée d'Ariane, sûrement, de faire recouvrir tous les sièges en tissu clair... Parce que le fond était à peine blanc cassé. Ça, il allait faire des salissures, c'était gagné d'avance. Catherine, la mère de Simon, lui répétait toujours qu'il avait des gènes cromagnionesques. D'autant que c'était certainement pas très solide, ce genre de petites œuvres d'art en bois précieux. Jacques, s'il avait eu les moyens, aurait aimé s'offrir de vrais bons gros meubles cévenols. Ça, c'est rassurant ! Ça peut accueillir n'importe quel fessier harassé. D'un autre côté, bien sûr, tout allait parfaitement avec Ariane, dans cette pièce : les vases en cristal, les petits maîtres français du XVIIIe, judicieusement répartis de chaque côté de la porte-fenêtre pour n'avoir pas l'air tape-à-l'œil. Ariane c'était ce genre, le genre qui reste parfaitement élégant même avec un rhume de cerveau. Emma interrompit le cours de ses idées en s'installant en face de lui. Elle avait déposé un plateau chargé de petites tasses en porcelaine fine sur la fragile table basse qui séparait les deux divans. Elle remarqua l'œil méfiant de Jacques qui jaugeait les soucoupes, légères comme une dentelle.

– Sucre?

– Euh, oui.

Peut-être que ça ne se faisait pas de prendre du sucre dans une si petite tasse? Jacques commençait d'avoir chaud. Il allait faire une connerie. Plus il se sentait maladroit, plus il devenait pachydermique. Ravalant sa salive, il tenta une diversion :

– Ariane n'est pas prête?

– Oh, mon cher. Ariane n'est jamais en retard, mais vous êtes en avance.

C'était peut-être un reproche.

– Je suis désolé. C'est maladif, chez moi. Vous savez, je suis toujours violemment opposé au fait qu'elle participe aux négociations avec cette Hélène Car. On ne sait jamais comment les choses peuvent tourner. Elle n'a pas l'air de comprendre que ça peut devenir dangereux. Si cette femme se sent acculée, elle peut faire n'importe quoi. Les gendarmes n'interviendront qu'en dernier recours, à cause de la gosse... Et vous savez, ce n'est pas joli-joli de coincer un humain et de le traquer comme si c'était une bête dangereuse.

– Je ne connais aucune bête qui soit aussi dangereuse qu'un humain, Jacques.

– Oui, mais là, c'est une femelle qui peut se mettre en tête qu'on tente de lui enlever son petit. Elle n'a peut-être pas la loi pour elle, mais en tout cas, ça force le respect... Je ne voudrais vraiment pas que ça se termine mal.

– Bien sûr... Vous connaissez cette magnifique phrase de Kipling sur l'ourse? « Nul n'est...

Ce qu'il redoutait depuis le début se produisit

lorsqu'Ariane fit son entrée. La tasse dont il avait réussi à négocier la stabilité dans sa main, percuta son genou et le café se répandit sur sa jambe de pantalon. Un hoquet d'effroi sortit de sa gorge. Dingue, elle était dingue! Bouche ouverte, il la contemplait. Elle portait une ravissante saharienne en lin écru, assortie à une jupe portefeuille. Un foulard-couture, coquinement noué sur le côté, imitait les taches d'une panthère. Pour plus de commodité, elle avait ramassé sa mèche et l'avait pincée d'un charmant petit nœud-nœud en satin marron. En réalité, ce qui le fit exploser, c'étaient ses chaussures. Il avait dit des chaussures confortables, de marche. Ça, il en était sûr, il l'avait dit. Elle avait traduit par : des Santiag en lézard bicolore avec de hauts talons biseautés. C'étaient indubitablement de vraies Frye Boots, c'est-à-dire des choses totalement impropres à la marche puisqu'elles étaient conçues pour ne jamais descendre des étriers et résister à n'importe quelle morsure de serpent... Et chacun sait qu'ils sont légion en Beauce.

D'un ton meurtrier il lâcha :

– Vous vous foutez du monde, c'est ça? Vous avez hésité devant le casque colonial, mais il ne fallait pas, voyons!

– Mais Jâââcques! Vous m'avez dit « sport », non?

Son hurlement fit gronder Yucca, qui n'aimait pas du tout les écarts de langage, surtout venant d'un invité qu'on connaissait à peine.

– Je vous avais dit des chaussures montantes.

– Ben oui. J'ai mis des bottes, d'ailleurs!

– Ça?

– Il me semble, oui.

– Mais je voulais dire des chaussures de marche, genre Rangers.

– Mais je n'ai pas de Rangers ! Enfin, Jacques, soyons sérieux. Qu'est-ce que vous voulez que j'en fasse dans le XVIe arrondissement.

– Mais je ne sais pas, moi... Des tennis, des trucs pour l'escalade...

– Oh, écoutez Jacques, ne soyez pas de mauvaise foi en plus : ça n'est pas « montant », des tennis, faudrait savoir, et par ailleurs, je ne passe pas mes week-ends à escalader les rochers de Rambouillet.

– De Fontainebleau !

– ...

– Les rochers, c'est Fontainebleau !

– N'essayez pas de noyer le poisson, vraiment, c'est indigne.

Emma comptait les points en souriant. Elle donnait sa fille gagnante à dix contre un. Elle ne connaissait personne, elle incluse, capable de résister plus de cinq minutes à la dialectique d'Ariane. Le téléphone choisit le moment où Jacques perdait pied et sang-froid pour résonner.

Emma tendit le récepteur à Jacques :

– C'est pour vous, un certain Grubin.

– Oh, merde ! J'avais donné votre numéro pour qu'on me joigne en cas de problème.

A mesure qu'il écoutait, Jacques crispait les mâchoires.

– Ecoutez, ne faites rien. Dites à vos hommes de se retirer derrière sa ligne de tir. On arrive !

Il agrippa Ariane par le bras et la souleva du canapé.

– Alors, cocotte, vous vouliez le grand frisson, vous allez être servie !

La poussant sans ménagement dans les escaliers, il lâcha :

– Elle s'est rendu compte que la maison était cernée. Elle leur a tiré dessus...

Ariane ouvrit la bouche :

– La ferme, épargnez-moi vos commentaires, montez et taisez-vous!

Ariane ne desserra pas les dents du voyage. Il crut qu'elle boudait, il se plantait. Elle avait peur. Peur, parce qu'il conduisait comme un fou, peur parce qu'elle le savait tendu à l'extrême, peur parce qu'elle comprenait enfin que deux vies dépendaient de ce qui allait se passer dans l'heure suivante et que, sur les deux, il y avait celle d'une petite fille pâle qui jouait avec un chien beige dans ses rêves. Ça n'était plus drôle du tout, cette histoire. Il ne s'agissait plus d'arrêter les vilains. Il fallait protéger deux innocentes de leur propre rage et de la peur de ceux qui étaient en face.

Ils traversèrent, sirènes hurlantes, un petit village qui avait l'air assoupi, non, mort, définitivement. La ferme se trouvait à moins d'un kilomètre au sud. Ils se garèrent sous un bosquet de peupliers, non loin des estafettes de la gendarmerie. Jacques descendit et claqua la portière comme s'il voulait l'arracher. Ariane le suivit, consciente pour la première fois, qu'il valait mieux ne pas la ramener, même s'il avait omis d'ouvrir sa portière. Un gendarme, très grand avec un visage de fin de monde, s'avança à leur rencontre.

– Alors?

– Rien de neuf, inspecteur. Elle refuse de nous répondre. Elle a juste crié que si on s'approchait, elle ferait feu. Elle est retranchée dans le salon. Vous voyez, les volets sont à peine entrouverts. La gosse est à côté d'elle. Elle est armée d'un fusil de chasse, elle n'a tiré que deux cartouches, juste avant que je vous appelle.

Vaguement conscient de la présence d'Ariane

derrière, Jacques eut un geste et sans se retourner grommela :

– Le commandant de compagnie Martin Grubin.

– Oh, charmée, commandant.

– Lieutenant.

– Ah, mais je croyais que...

– Un commandant de compagnie est lieutenant ou capitaine...

– Logique ! Quelle sotte, j'aurais dû y penser toute seule.

– Qu'est-ce qu'on fait, Belfand ?

– Je ne sais pas. Si elle ne veut pas discuter, il va falloir donner l'assaut. On ne peut pas laisser la gosse comme ça, on ne sait pas ce qui peut se passer dans la tête de la mère si elle perd complètement les pédales.

– Oui, mais d'un autre côté...

– Oui, je sais. Vous avez quels moyens ?

Grubin eut un geste large. Et Ariane remarqua enfin les hommes embusqués, fusil à pompe armé et uniforme d'assaut sanglé. Elle avala difficilement sa salive.

– J'ai trois brigades, quarante hommes à peu près.

Elle couina :

– Mais vous êtes complètement malades ! Mais où vous vous croyez, là ? C'est pas l'ennemi public numéro 1 ! Il s'agit d'une femme paniquée avec un ridicule fusil de chasse.

L'ignorant, Jacques lança au lieutenant :

– Que vos hommes prennent position.

– Mais vous n'allez tout de même pas lui tirer dessus ? Elle n'a rien fait, cette femme !

– Elle est armée et elle séquestre un enfant qu'elle a kidnappé.

– Mais c'est son enfant !

– Pas aux termes de la loi.
– Grotesques ! Vous êtes grotesques ! Dites-moi, il vaut mieux être terroriste ou agent secret que mère de famille, avec vous ! On a une chance d'être pris en vie pour servir de monnaie d'échange ! Vous auriez dû venir avec des chars amphibie, des lance-roquettes et des Kalashnikof, pendant que vous y étiez !
Sentant la crise de nerfs monter, le lieutenant Martin Grubin tenta d'être rassurant tout en demeurant professionnel et pédagogue :
– Mais non, madame. Il n'y a pas d'eau à proximité, les chars tout-terrain ne s'imposaient donc pas. Quant aux Kalashnikof, l'armée française n'utilise pas d'armes soviétiques.
Ariane le regarda comme si elle avait l'intention de lui faire avaler son képi, si possible de travers. Jacques tonna :
– La ferme, Ariane, on ne joue plus !
Ariane s'affola juste quelques secondes. Oh, saint Basile, faites quelque chose, vîîîte ! Une voix sereine et presque joyeuse l'investit soudain. Luce, ma bonne Luce...
Suave, Ariane roucoula :
– Vous avez un mouchoir, Jacques ?
Si elle pleurait, c'est qu'elle se calmait. Jacques, élégant, lui répondit gentiment :
– Un Kleenex, ça vous va ?
Tout en surveillant le mouvement des hommes du coin de la paupière, Ariane s'enquit :
– Propre ?
– Je ne les fais pas sécher avant de m'en resservir !
Elle prit délicatement le Kleenex entre le pouce et l'index, tout en le gratifiant d'un sourire éclatant.
Avant qu'il n'ait eu le temps de réagir, elle avait

parcouru deux cents mètres en agitant le Kleenex au-dessus de sa tête et en tentant de maintenir un équilibre précaire sur ses Frye Boots.

Jacques voulut s'élancer, mais Martin le ceintura.

– Ecoutez, Belfand : à mon avis, elle n'a pas une chance, mais, à vous deux, ça va sûrement tourner au massacre !

Jacques se dégagea. Grubin avait raison.

– Revenez ici, espèce de dingue ! Elle va vous tirer. Elle est chargée au sanglier.

Ariane s'arrêta un instant. Que venait faire ce charmant petit animal dans l'histoire ? Ça y est, elle comprenait : ils essayaient de la déstabiliser avec des termes techniques, gros nigauds, va ! Le coup classique du garagiste et de ses soupapes qui coulent des bielles, pfft ! Quand on pense que ces pauvres petites bêtes étaient abusivement assassinées pour finir en brosses à dents, du reste elle ne tolérait que les soies en nylon, alors !

– Ariane, revenez immédiatement. Putain, c'est pas vrai !

– Non, mort aux vaches, na !

Elle reprit sa course chancelante en direction de la maison barricadée.

– Madame... Ne tirez pas ! Ils sont dingues, je vous en prie, écoutez-moi. Ils vont riposter. On va trouver un arrangement pour Karin. Claude Morin est d'accord. Si vous tirez, ils vont vous tuer et ils risquent d'atteindre Karin... Je vous en prie, laissez-moi venir. De toute façon, ils vous retireront l'enfant.

Ariane sentait la peur d'Hélène, et son hésitation aussi. Elle progressait, tentant de vider son propre esprit de toute sa terreur... la peur, ça se sent et ça énerve. Elle parvint enfin à hauteur du volet entrouvert sans cesser de parler. Jacques, à cinq cents mètres de là, était en train de se trouver mal, et percevait la panique de Martin qui tentait de garder la face mais faisait des bruits de déglutition dégoûtants. Jacques grogna :

– Je sens que j'ai envie de faire une bavure. Si elle ne se fait pas trouer par l'autre dingue, qu'on me la ramène vivante pour que je puisse l'étrangler de mes propres mains.

– Si elle ne nous la transforme pas en passoire, je vous aiderai.

– Je savais que je pouvais compter sur vous, lieutenant.

Un peu plus loin, cible parfaite à moins de trois mètres du canon, Ariane murmurait :

– Hélène, sortez derrière moi avec Karin, je vous en prie. Ils sont en plein western. Ils vont vous faire mal. Claude a dit qu'elle comprenait et qu'elle était prête à s'arranger avec vous.

– Ce n'est pas sa mère. C'est moi, sa mère !

– Si, c'est aussi sa mère puisqu'elle l'a élevée et qu'elle aime cette enfant autant que vous. Hélène, pensez à Karin, si vous l'aimez tant que cela. Pensez à ce qui va se passer pour elle si vous n'arrêtez pas maintenant. Ils n'ont encore que cette histoire de substitution de cadavre contre vous... Hélène, vous m'entendez ?

– Elle a vraiment dit qu'elle ne m'empêcherait pas de la voir ?

– Je vous le jure.

Hélène et Ariane étaient en larmes.

– Entrez.

Hurlant pour être entendue des hommes embusqués, Ariane se retourna :

– Ne tirez pas ! Je rentre et on va ressortir ensemble. Puis pour faire bonne mesure, elle conclut : Ne tirez pas ou je me vengerai, Jacques !

Jacques regarda Martin, qui le regarda.
– Ça fait combien de temps qu'elle est entrée là-dedans ?
– A peine deux minutes.
– Mais qu'est-ce qu'elles foutent ? C'est pas possible ! Mais de quoi elles peuvent parler ? Si ça se trouve, elle est en train de la réduire en chair à saucisse.
– Laquelle réduirait laquelle ?
– Oh, je sais pas... De toute façon, avec les bonnes femmes.
– Ça c'est bien vrai !
Rassérénés par cette conclusion, laquelle, comme toutes les grandes choses, avait le mérite de pouvoir s'appliquer en n'importe quelle occasion, ils se turent quelques instants.
– Ça fait combien de temps, maintenant ?
– Un peu plus de quatre minutes.
– Bon, écoutez, lieutenant : si dans trois minutes elles ne sont pas sorties, il faudra faire quelque chose !
– Ouais, d'accord ! Quoi ?
– J' sais pas encore. Et arrêtez de me brusquer, il faut que je pense.
Cinq minutes plus tard, les deux femmes et l'enfant ressortirent de la ferme. Ariane était au milieu, tenant Karin par la main et entourant les épaules d'Hélène de son bras. Toutes trois sanglotaient de soulagement. Martin émit un :
– Je ne peux pas le croire.
Auquel Jacques répondit par :
– Moi non plus. Mais c'est cela qui est habituel avec cette dingue.
– Elle est vraiment géniale, non ?
– Je n'arrive pas à me décider.
Ariane tenait le fusil coincé sous son aisselle et

Jacques n'osa pas se demander si elle avait pensé à le décharger. Si ça se trouve elle croyait que c'était à usage unique. Un officier de gendarmerie féminin et désarmé s'approcha lentement du trio. Ils virent les trois femmes discuter, et Ariane embrassa Hélène et la petite fille. Karin et sa mère, escortées du gendarme, montèrent dans une estafette, et Ariane se dirigea vers le bosquet de peupliers.

Parce qu'il avait eu peur, parce qu'il était fou d'elle et parce qu'il ne parvenait pas à la ranger dans une case étiquetée, Jacques la rejoignit et barrit :

– Vous êtes vraiment une dangereuse emmerdeuse, doublée d'une caractérielle inconséquente! Elle aurait pu vous tirer comme un canard!

– Oh! ne soyez pas mélodramatique, Jacques, je vous en prie. Il faut toujours que vous fassiez un plat de n'importe quoi! Bon, rentrons, j'en ai assez et puis j'ai froid.

– Il faut d'abord que je passe chez les Morin. La confrontation va être pénible, bien sûr, mais inévitable pendant le procès.

– Quel procès?

– Ben celui d'Hélène, tiens! A votre avis, le kidnapping d'enfant et la séquestration avec menace de mort, qu'est-ce que ça vaut?

– Mais vous aviez promis, Charrare aussi. Vous aviez donné votre parole d'honneur...

– Faut jamais se fier à la parole des flics, petite Ariane.

Contrairement à ce qu'il craignait, elle n'explosa pas et se contenta de lui sourire, mais d'un étirement de lèvres qu'il n'aimait pas du tout.

– Qu'est-ce que vous concoctez dans votre jolie petite tête tordue?

Elle susurra :

– Jââącques, allons, mon petit Jacques. Comparés à Sun-Lee, Charrare et vous, comme stratèges, vous êtes, que dire? Inadéquats? Non, inexistants!

– Ne me dites pas que vous ne m'avez pas cru.

– Ah, moi si. Moi je vous faisais confiance, gourde que je suis! D'ailleurs, ça va se régler, et je vous jure que vous vous en mordrez les doigts, mais Sun-Lee a toujours un plan de rechange. Et vous savez pour qui vous allez passer, en plus d'un gros malhonnête : un flic parfaitement grotesque! Quant à votre chère police dans son entier, elle deviendra la risée de la France.

– Je vous demande pardon?

– Après avoir payé en secret la rançon de sa fille à d'affreux ravisseurs parce qu'elle ne faisait pas confiance à la police, laquelle s'était singularisée par son incompétence dangereuse, Claude Morin a confié Karin à Hélène, une amie d'enfance qu'elle avait perdue de vue, pour de petites vacances à la campagne. C'était une sage décision qui évitait à l'enfant d'être la cible des flics et des média. Un inspecteur qui faisait du zèle s'est monté la tête et a cru à son second enlèvement, en dépit des dénégations formelles des époux Morin. Hélène, au petit matin, entendit des bruits étranges dans le jardin. Fichtre! se dit-elle. Affolée, puisque se sachant seule avec Karin, elle décrocha un vieux fusil de chasse pour intimider ses agresseurs. Le dit fusil, un coucou, est parti tout seul... Or donc, les manants qui cernaient la demeure tentèrent de la tromper en affirmant qu'ils étaient gendarmes. Pfft! Morbleu, pensa Hélène qui n'était pas femme à gober ces billevesées! Sa méprise l'a terriblement chagrinée lorsque je la lui ai révélée. Mais après tout, de loin, on pouvait se tromper, d'autant que ces gendarmes avaient tenté de duper une innocente et respectable citoyenne en cernant sa maison, de façon parfaitement abusive! L'histoire ne se termine pas là. Intervient Ariane Saint Tolber, qui, comme vous le savez, bénéficie d'une large écoute sur les ondes, et je doute que le genre de pub que j'ai en tête facilite votre avancement, mon petit Jacques. Par ailleurs, je suis certaine que Morienges oublierait volontiers jusqu'à l'existence d'Hélène Car si on lui promettait en échange l'amnésie de Claude. Et alors là, tintin pour le coffrer, parce que finalement vous n'avez que des supputations et aucune preuve. C'est chouette, non? Oh, elle est très forte, la princesse Sun-Lee, vous savez? L'habitude du pouvoir, je suppose.

Un grand calme s'abattit sur lui... Le calme d'avant les ouragans. D'une voix très douce, il demanda :

– Vous voulez dire que vous avez tramé tout cela cette nuit?

– Mais évidemment, Jacques! Je vous dis toujours que vous dormez trop. Ça vous ramollit les quelques neurones qui vous restent et que l'alcool et le tabac ont épargnés.

Il n'avait même plus envie de la baffer. A moins de la noyer, très lentement, après l'avoir découpée en rondelles et l'avoir étranglée posément, rien ne pourrait le calmer.

Ils remontèrent en voiture et se faufilèrent entre les véhicules de la gendarmerie qui dégageaient les lieux.

D'une voix douloureuse, il murmura :

– Je crois que je ne pourrai jamais vous le pardonner, Ariane. En plus, je suis terriblement déçu : vous êtes une menteuse doublée d'un faux témoin et ça, c'est très vilain!

– Oui... C'est très vilain!

Elle était sincèrement repentante.

– Mais par ailleurs, vous êtes un hypocrite, un parjure, un menteur, un faux-jeton, je continue ?

Ils arrivaient non loin de la porte de Châtillon lorsqu'enfin Ariane se décida à jouer la carte de la trêve :

– Jacques ? Je suis vraiment désolée d'en arriver là. Mais vous n'avez pas été correct, admettez-le !

– ...

– Vous voyez. Vous ne préférez pas que tout se termine bien pour tout le monde ? Je sais que, par moments, vous devez me trouver un peu, comment dire, déroutante, mais...

– Non !

– Non ? Oh, que c'est bien de ne pas être rancunier !

– Non. Je trouve que vous êtes une chipie caractérielle hybridée d'une chieuse de compétition, pourquoi ?

Elle serra les lèvres et se tourna, rageuse, vers la vitre. Quelques secondes plus tard, Jacques perçut le chuintement caractéristique d'un radiateur beaucoup trop chaud. Oh, merde ! Le joint de culasse. Si ça se trouve, elle avait jeté un sort à la voiture pour se venger. Le bruit crût en force et en aigu. Jacques jeta un regard désespéré sur le voyant : rien ! Par contre, un gros reniflement fit suite à un hoquet. Conclusion : ça n'était pas le joint de culasse. Il se tourna vers sa passagère et pila deux cents mètres avant le feu. Un concert de Klaxons salua son dérapage et Jacques eut le privilège d'être gratifié de toute une série de petits noms, certains d'un classicisme très pur mais d'autres faisant preuve d'une recherche et d'une inventivité qui l'eussent fait pâlir d'envie en toute autre circonstance. Ariane pleurait !

– Ariane...

Il la secoua et elle se tourna vers lui en reniflant bruyamment. Jacques reçut comme un coup de poing au flanc gauche la lente glissade d'une grosse larme sur l'arête de son nez.

– Oh, Ariane... Je suis un con, mais j'ai eu tellement peur...

– Non! Vous êtes méchant! Vous êtes méchant!

Elle hoquetait, tentant de parler au milieu de ses sanglots.

– Vous m'en voulez toujours de tout. Moi, je fais ce que je peux pour vous aider et que tout le monde soit heureux et ça va jamais et vous faites rien qu'à me disputer tout le temps et en plus vous essayez de me tromper.

– Ariane, s'il vous plaît...

Il tenta de la prendre dans ses bras, mais elle se dégagea en hurlant :

– J'veux pus jamais vous voir, d'abord!

Elle bondit hors de la voiture et il la vit disparaître au coin d'une rue.

Qu'est-ce qu'il fallait faire, maintenant? Même s'il la rattrapait, elle refuserait de lui parler. Mais qu'est-ce qu'il allait faire, sans elle? Replonger dans son morne emmerdement quotidien? Reperdre un peu tous les jours Simon? Se soûler la gueule quand vraiment il n'y avait rien d'autre à faire? Se barricader dans un cynisme de pacotille parce que finalement tout lui faisait peur? Sans elle? Ouais, un con, un sous-con!

... Non! Jamais, et plus maintenant, en tout cas! On se calme, on réfléchit et on va trouver.

Les Reines du Crime

Nouvelles venues ou spécialistes incontestées, les grandes dames du roman policier dans leurs meilleures œuvres.

ARMSTRONG Charlotte
2074 Et merci pour le chocolat
1740 L'étrange cas des trois sœurs infirmes

BACHELLERIE
1791 L'île aux muettes *(Prix du Roman d'Aventures 1985)*
1795 Pas de quoi noyer un chat *(Prix du Festival de Cognac 1981)*
1796 Il court, il court, le cadavre

BARNES L.
2126 Le blues de Miss Gibson

BLACKMON Anita
1956 On assassine au Mont-Lebeau

BRANCH Pamela
2131 Un lion dans la cave

BRAND Christianna
1877 Narcose

CANNAN Joanna
1820 Elle nous empoisonne

CHRISTIE Agatha
(86 titres parus, voir catalogue général)

CORNWELL Patricia Daniels
2092 Postmortem *(Prix du Roman d'Aventures 1992)*
2120 Mémoires mortes

CURTISS Ursula
1974 La guêpe

DISNEY D.C. & PERRY G.
1961 Des orchidées pour Jenny

GOSLING Paula
1971 Trois petits singes et puis s'en vont
1999 L'arnaque n'est plus ce qu'elle était
2088 Pour quelques flics de trop
2111 Larmes fatales

HOWE Melodie Johnson
2095 La monnaie de sa pièce

HUGHES Dorothy B.
2043 Voyage sans fin
2070 La boule bleue

JAPP Andréa H.
2044 La Bostonienne *(Prix du Festival de Cognac 1991)*
2119 Elle qui chante quand la mort vient

JONES Cleo
1879 Les saints ne sont pas des anges

KALLEN Lucille
1836 Quand la souris n'est pas là...

LANGTON Jane
2037 Le poète meurt toujours deux fois

LONG Manning
1831 On a tué mon amant
1988 Aucun délai

McCLOY Helen
1841 En scène pour la mort
1855 La vérité qui tue
2067 La vierge au sac d'or
2079 Celui qui s'échappa

MILLAR Margaret
1928 Le territoire des monstres
1994 Rendons le mal pour le mal
1996 Des yeux plein la tête
2010 Un doigt de folie

NATSUKI Shizuko
1959 La promesse de l'ombre *(Prix du Roman d'Aventures 1989)*
2039 Hara-Kiri, mon amour

NIELSEN Helen
1873 Pas de fleurs d'oranger

PARETSKY Sara
2050 Au point mort
2103 Qui s'y frotte s'y brûle
2136 Sous le feu des protecteurs *(juin 93)*

RADLEY Sheila
2058 A tous les coups l'on perd

RENDELL Ruth
1451 Qui a tué Charlie Hatton ?
1501 Fantasmes

1521 Le pasteur détective
1532 L'Analphabète
1563 L'enveloppe mauve
1582 Ces choses-là ne se font pas
1589 Etrange créature
1616 Reviens-moi
1629 La banque ferme à midi
1640 Un amour importun
1649 Le lac des ténèbres
1688 Le maître de la lande
1718 La fille qui venait de loin
1747 La fièvre dans le sang
1773 Qui ne tuerait le mandarin?
1815 Morts croisées
1951 Une amie qui vous veut du bien
1965 La danse de Salomé
1978 La police conduit le deuil
1989 La maison de la mort
2000 Le jeune homme et la mort
2015 Meurtre indexé
2036 Les désarrois du Professeur Sanders

RICE Craig

1835 Maman déteste la police *(juil. 93)*
1862 Justus, Malone & Co
1899 Malone cherche le 114
1962 Malone met le nain au violon

RUTLEDGE Nancy

1830 La femme de César

SEELEY Mabel

1885 Il siffle dans l'ombre

SIMPSON Dorothy

1852 Feu le mari de madame

TEY Josephine

2094 Jeune et innocent
2137 En trompe l'œil *(juin 93)*

THOMSON June

1857 Finch se jette à l'eau
1948 Dans la plus stricte intimité
1995 Bouillon de minuit

UHNAK Dorothy

2093 Le Registre
2109 La main à l'appât

ULLMAN A. & FLETCHER L.

2075 Raccrochez, c'est une erreur

VARGAS Fred

1827 Les jeux de l'amour et de la mort
(Prix du Festival de Cognac 1986)

IMPRIMÉ EN FRANCE PAR BRODARD ET TAUPIN
Usine de La Flèche (Sarthe).
ISBN : 2 - 7024 - 2418 - X
ISSN : 0768 - 1089

H 52/0585/1